Dieter Rutkowski

Diebesgut

Dieter Rutkowski

Diebesgut

Der Abendmahlskelch von Friesau

Fromm Verlag

Imprint

Cover image: www.ingimage.com

Publisher:
Fromm Verlag
is a trademark of
International Book Market Service Ltd., member of OmniScriptum Publishing Group
17 Meldrum Street, Beau Bassin 71504, Mauritius

Printed at: see last page
ISBN: 978-620-2-44238-1

Nach 500 Jahren – ein Geleitwort von Superintendent Ralf-Peter Fuchs

Die Friesauer Kirchgemeinde hat einen Abendmahlskelch, der eine über 500-jährige, wechselvolle Geschichte erlebt hat. „Ihr Kelch“ ist den Friesauer Christen sehr wertvoll. Sie nutzen ihn zur Ehre Gottes und zur Erbauung der Menschen. Denn „in ihm steckt das Heil der ganzen Welt“, wie es in filigranen Buchstaben am Knauf des Kelches geschrieben steht. Wer diesen Abendmahlskelch einmal in der Hand hat und genauer betrachtet, sieht mit wie viel Liebe zum Detail er gefertigt wurde. An seinem Fuß ist der gekreuzigte Christus dargestellt. Vor ihm kniet ein Mädchen mit Namen Martha und dankt ihm. Denn Christus, der selbst gelitten hat, heilte sie von einer schmerzhaften und todbringenden Krankheit. Nach ihrer Genesung stiftete Marthas Vater, der wohlhabende Schleizer Bürgermeisters Johann Verber, den Kelch 1509. So ist der Friesauer Abendmahlskelch zugleich Zeugnis eines besonderen Glaubens. Vielen evangelischen Christen ist die mittelalterliche Frömmigkeit heute fremd geworden. Dieses Buch hilft einen neuen Zugang zum Leben und Glauben der Menschen dieser Zeit zu gewinnen und sie besser zu verstehen. Es bietet einen ebenso detaillierten Blick in die turbulenten Jahre der Reformation, die eine gravierende Veränderung im Glauben und Denken zur Folge hatte. Auch der Raub des Kelches und seine spektakuläre Rückkehr nach Friesau Mitte des 17. Jahrhunderts wird spannend beschrieben.

Das vorliegende Buch ist eine wundervolle Reise in die Geschichte des Schleizer Oberlandes und auch eine verlockende Einladung, diese Region und die Friesauer Sankt- Leonhards- Kirche zu besuchen.

Schleiz und Friesau im Juli 2013

Schleiz im heutigen Thüringen 1508, vormittags, Wohnhaus des Kaufmanns Johann Verber

Immer erregte es Aufsehen, wenn Fremde in die kleine Stadt kamen. Drei Herren in auffallend kostbarer Garderobe entstiegen dem Reisewagen. Ihre pelzbesetzten Mäntel und die vielen Ringe an den Fingern ließen sie als wohlhabend erkennen. Sofort erschienen Knechte vor dem Haus des erfolgreichen Kaufmanns und früheren Bürgermeisters und luden die schweren Reisekoffer vom Wagen. In der Tür erschien Johann Verber und begrüßte die Neuankömmlinge. Schon hatten sich Neugierige um sie herum versammelt und gafften, als hätten sie noch nie drei „Doctores" zusammen gesehen. Johann Verber hat lange auf diese hohen Herren gewartet. Denn mit jedem Tag, an dem die geliebte Tochter in ihren fast nicht zu ertragenden Schmerzen vollbringen musste, ging auch ein Stück seiner ursprünglichen Freundlichkeit verloren. Er konnte kaum noch seinen Geschäften nachkommen. So fuhr er auch sofort die am nächsten Herumstehenden mit einer Drohung an. Sie wichen zwei Schritte zurück, aber gafften dennoch weiter.

Es war eine schlimme Zeit, die geliebte Tochter so leiden zu sehen. Was hatten sie nicht alles unternommen, um etwas gegen diese merkwürdige Krankheit zu unternehmen! Einige aus ihrem Bekanntenkreis sprachen sogar schon von einer Besessenheit. Dämonen und böse Geister hätten das Mädchen ergriffen und kehrten nun in immer kürzer werdenden Schüben in ihren jungen Körper zurück. Dann schien ihr der Kopf zu zerplatzen. Jede Berührung, jeder Laut, jeder Strahl der so sehnlichst erwünschten Sonne wurde zur schrecklichen Qual. Wie sollte man das auch verstehen? Vor allem der Vater konnte sich damit nicht abfinden, seine Martha so leiden zu sehen. Das Mädchen wurde immer blasser und schwächer. Übelkeit und Erbrechen machten ihr zu schaffen. Sie spürte es schon lange, bevor es wieder losging. Dann begannen ihre Augen zu flattern gleich dem Flirren der Sommerhitze, wenn sie über einer trockenen Fläche aufsteigt. Dann zog Martha sich in ihre Gemächer zurück und duldete niemanden um sich herum. Selbst die sorgende Mutter war ihr mit ihren Zuwendungen zu viel. Manchmal dauerte es nur einige Stunden, manchmal aber auch Tage, bis man sie wieder, blass und kränkelnd, zu Gesicht bekam – wie jetzt.

Sie stand oben am Fenster ihres Schlafgemachs und schaute herab zu den Herren mit ihren hohen schwarzen Hüten, die lautstark über irgendein wohl medizinisches Problem diskutierten. Sie beachteten nicht den wohlhabenden Kaufmann, das durchaus zu ehrende frühere Stadtoberhaupt, das sich mit vielen Verbeugungen bemerkbar zu machen versuchte. Dann ging er den drei Gästen voraus in das pompöse Foyer des Hauses.
„Meine Herren Doctores, ich freu mich sehr, Sie hier in unserer Stadt und in meinem Haus begrüßen zu dürfen. Leider ist der Anlass nicht sehr erfreulich. Unsere Tochter scheint ein hoffnungsloser Fall zu sein", empfing er sie.
Warum nur formulierte er diesen Satz so merkwürdig, als gäbe es keine Chancen für sie? Wollte er den Stolz der Mediziner herauslocken?
„Nun, führt uns auch sogleich zu Eurer Tochter!", entschied der älteste der Gäste.
Johann Verber war dies nur recht. Je früher, desto besser. Er schritt den Herren voraus die breite Treppe empor zum Gemach der Tochter.

Sie stand immer noch am Fenster und blickte nur kurz auf, als sie eintraten, knickste vollendet, wobei sie zart mit den Daumen und Zeigefingern seitwärts ihren weiten Rock ein wenig in die Höhe hob und sanft in die Kniebeuge ging. Es sah graziös aus. Die Männer schauten auch entzückt auf dieses kleine Fräulein, sie sah älter aus als 12 Jahre. Ihre blonden langen Haare waren kunstvoll hochgesteckt und gaben den Blick auf ihren schlanken, bereits vollendeten Nacken frei. Eine kostbare Haarspange half, die leicht eingepuderte Haarpracht an Ort und Stelle zu halten.
„Dies hier ist mein armes Kind, meine Martha."
In diesem Moment öffnete sich die Tür, und die Hausherrin erschien, knickste artig und stellte sich an die Seite ihres Gatten. Die Ärzte beachteten sie kaum. Nur der jüngste von ihnen schaute ein wenig zu lange durch sein Monokel, das er gekonnt in seinen rechten Augenlidmuskel geklemmt hatte. Eine goldene dünne Kette bewahrte die Sehhilfe gegebenenfalls vor dem Herunterfallen. Aus ebensolchem Material war auch die kunstvolle Galerie, mit der das geschliffene Glas eingefasst war.

„Nun, Herr Bürgermeister, wenn Ihr nun mit Eurer entzückenden Gattin bitte den Raum verlassen würdet …? Wir wollen uns mit Eurer Tochter allein unterhalten."
Verständnislos blickte Johann Verber seine Gemahlin an, die bereits dabei war, sich gehorsam zu entfernen. Er kommentierte aber nicht, dafür war ihm dieser Besuch der Doctores zu wichtig. Dass sie ihn noch mit seinem früheren Titel ansprachen, war ihm nicht entgangen.

Eine geschlagene Stunde waren die vier in Klausur. Endlich öffnete sich die Tür. Die drei Ärzte schauten sorgenvoll auf den Hausherrn, als sie die Treppe zu ihm herunterkamen. „Wir sind uns nicht einig. Ich tendiere zu einer Trepanation, so können wir die neuesten Erfahrungen der Kollegen nutzen."
Johann Verber und seine Frau verstanden nur Bahnhof. „Ihr mögt verzeihen, meine Herren Doctores, aber was bedeutet das? Ich bin kein Mediziner", meldet sich der Hausherr endlich zu Wort.
„Wir müssen den Schädel öffnen. Nur so wird der Druck aus dem Kopf entfernt." Der Jüngste hatte es ohne viel Mitgefühl in aller Nüchternheit erklärt. Ein Schrei des Entsetzens entfuhr der Hausherrin. „Das arme Kind!", kommentierte auch der Vater bedauernd. „Es gibt keine andere Möglichkeit?" Bittend schaut er von einem zum anderen.
„Nun ja, ich würde für Tinkturen plädieren, wenngleich ich auch sagen muss, dass diese Trepanation auch Erfolg haben kann", meldete sich der Dritte, der bisher nicht sonderlich aufgefallen war. „Man könnte es doch zunächst einmal mit der Medizin versuchen. Ich habe Ihnen hier einige Dinge aufgeschrieben, die Ihnen der Apotheker zusammenstellen wird."
Johann Verber schaute lange auf das Schriftstück in seiner Hand. „Kaliumcyanid, Brechnuss, gemeine Tollkirschen, frischer Fingerhut, Quecksilberverbindungen", las er leise vor sich hin. Dann schaute er hilflos auf. „Und Ihr, Doktor? Was ratet Ihr?", wollte er von dem Jüngsten wissen.
„Ich spreche auch für die Trepanation bei ‚Hemicrania', denn wir haben immerhin fünfzig Prozent Erfolg dabei." Er nahm das Monokel aus dem Gesicht und steckte es in die kleine, mit vielen Rüschen verzierte Tasche seines jackenähnlichen Gewandes.

Selbst beim anschließenden Gastmahl waren die drei Herren immer noch beim Fachsimpeln. Johann Verber hatte es längst aufgegeben, sich irgendwie verständlich zu machen um den Herren zu zeigen, dass er nichts, aber auch gar nichts von alledem verstand. Gern hätte er mehr begriffen, mehr erklärt bekommen, auch weil er immerhin eine wichtige Entscheidung zu treffen hatte. Auch als die Ärzte wieder das Haus verließen, gaben sie keine weiteren Informationen. Zu uneinig waren sie sich wohl über die Therapie. Johann Verber war nicht zufrieden. Er hatte sich mehr von diesem Besuch erhofft.

Friesau – eine Woche später, am Nachmittag im Pfarrhaus

Der Pfarrer von Friesau war gerade dabei, die letzten gespendeten Naturalien in seiner Vorratskammer zu verstauen, die er als Lohn für seine Arbeit von den Gläubigen seiner Gemeinde erhalten hatte. Wenn es so schleppend weiterging, würde es über den Winter nicht reichen. Er hätte auf seinen Ländereien mehr Gemüse anbauen sollen. Er wusste doch, dass seine Pfründe inzwischen nicht mehr groß genug war, einen Pfarrer zu ernähren. „‚Ein Arbeiter ist seines Lohnes wert.' Lukas 10, Vers 7 oder erster Timotheus 5, Vers 18", murmelte er leise vor sich hin. Gut, dass ihn niemand hörte! Man hätte ihn sicher für undankbar gehalten, denn jeder tat ja bereits, was er konnte. Mehr gaben die Felder und Gärten eben nicht her. Was sollten sie tun? Schnell wischte er sich seine Hände an den Hosenbeinen ab, als er ein Pferdegespann auf den Hof einfahren hörte.
„Ach, der Herr Bürgermeister aus Schleiz. Sieh mal an, was für ein köstlicher Besuch!" Sie begrüßten sich herzlich.
„Das war einmal, mein lieber Josef, das war einmal. Jetzt ich bin kein Bürgermeister mehr, aber das weißt du ja." Sie waren schon seit vielen Jahren gute Freunde, und es tat Johann Verber gut, ab und zu mit dem Dorfpfarrer von Friesau zu plaudern. Was machte es aus, dass der Pfarrer bereits zehn Jahre mehr auf dem Buckel hatte als er!
„Was führt dich zu mir, mein lieber Johann?", wollte der Pfarrer auch sofort wissen, denn er spürte die Last, die der frühere Amtsträger auf seinen Schultern hatte.
„Die Doctores aus Plauen waren vor Tagen bei uns und haben unsere liebe Martha untersucht." Johann Verber machte eine Pause, als der Pfarrer kurz die Amtsstube verließ, um eine Flasche köstlichen Holundersaft zu holen.
„Erzähl weiter", forderte er seinen Gast nach seiner Rückkehr auf.

„Sie machen uns nicht viel Hoffnung. Sie wollen den Kopf öffnen."

Inzwischen hatte sich auch der alte Pfarrer gesetzt und über den kleinen Tisch hinweg Johanns Hände ergriffen. Er schaute seinem Gegenüber in die Augen. „Und wie steht es mit deinem Glauben? Dürfen wir nicht dem Allmächtigen zutrauen, dass er deiner lieben Martha in seiner großen Güte hilft?"
Natürlich hatte Johann als frommer Mann gemeinsam mit seiner Frau immer wieder um Gottes Beistand gebetet und manches Opfer gebracht. Doch Gott schien ihn nicht zu erhören. „Was mache ich falsch, bete ich nicht inbrünstig genug? Sollte ich mich dabei vielleicht geißeln, oder sollte ich konsequenter fasten?"
Johann Verber tat dem alten Pfarrer in der Seele leid. Wie konnte er ihm nur helfen? „Hast du denn auch schon unseren Schutzpatron inständig angerufen, den heiligen Leonhard? Du solltest nichts auslassen, deiner Tochter zu helfen." Der Pfarrer spürte selber, dass diese Bemerkung überflüssig war: Alles würde Johann Verber tun, um dem Elend ein Ende zu setzen. Geld genug hatte er als Handelsmann, mehr als genug. Die Geschäfte liefen bestens. Doch was kann Geld bewirken, wenn es um die Gesundheit geht? „Komm, wir sollten den Herrn anrufen!" Ohne auf eine Antwort zu warten, ging der alte Pfarrer dem früheren Bürgermeister voraus in die Kirche.
Zwei Landarbeiter waren gerade dabei, einen Wagen mit geschlagenen Baumstämmen zu entladen. Sie nahmen die Mützen zum Gruß ab und warteten so lange, bis die beiden Herren an ihnen vorbeigegangen waren und in der Kirche verschwanden. Sofort setzten sie ihre Arbeit fort.
In der Kirche standen sie vor dem Marienaltar, dessen Flügel einladend weit geöffnet waren. Der Fußboden strahlte durch die sechseckigen länglichen Ziegelsteine eine unangenehme Feuchtigkeit aus. „Ist es nicht schön, unser Schmuckstück?"

Johann Verber kannte den Altar zur Genüge. Als dieser vor über sechzig Jahren von dem Patrizier namens Fürer aus Heimendorf, irgendwo in der Nähe von Nürnberg, gestiftet wurde, gab es ein großes Fest. Fürer hatte dort ein gut gehendes Erzbergwerk im Thüringischen Wald, und da bei Friesau ein Teilstück der Handelsstraße von Nürnberg nach Leipzig verlief, musste er wie viele andere Reisenden öfters in diesem kleinen Ort seine Pferde wechseln. Warum er in die Wallfahrtskirche inmitten des

Dorfes zum Beten gegangen ist, wusste er wohl selber nicht. Jedenfalls kam ihm dort plötzlich die Eingebung, seinen kranken Oheim am Kirchweihfest hierherzubringen und ihn der Fürbitte der beiden Heiligen und Schutzpatrone Leonhard und Nikolaus anzubefehlen. Und dann geschah das gewünschte Wunder, das ihn veranlasste, diesen wunderschönen Altar zur Ehre der Heiligen Muttergottes zu spenden. Irgendwann, bereits vor vielen Jahren, war hier schon einmal ein solches Wunder geschehen. Seit damals war das stattliche Gotteshaus eine viel besuchte Wallfahrtskirche. Konnte der Allmächtige nicht auch jetzt wieder ein solches Wunder vollbringen? Johann Verber standen Tränen in den Augen, als er an das Leid seiner Tochter dachte. Ja, er wollte sie hierherbringen, wollte die Mutter Gottes und die Heiligen Leonhard und Nikolaus um ihre Fürbitte für sie anflehen. Vielleicht erbarmte sich der Gekreuzigte und ging auch an ihrem Leid nicht vorbei.

Festlicher Kirchweihtag in Friesau 1508, vormittags

Martha war unruhig. Sie hatte die ganze Nacht nicht geschlafen. Nein, nicht wegen der Pilgerfahrt nach Friesau, sondern es waren wieder diese grässlichen Schmerzen, die sie schon so viele Jahre lang peinigten und ihr jegliche Lust am Leben nahmen. Wie sollte es nur weitergehen, wenn auch die berühmten Doctores sich nicht einig waren in der Therapie? Eigentlich stimmte Martha dieser Fahrt nur zu, weil ihr geliebter Herr Vater es so wollte. Er hatte sie fast schon angefleht, diese Chance zu nutzen. Es sei die allerletzte Chance, hatte er ihr gesagt. Was half es ihr, wenn der Herrgott anderen dort in der Kirche bereits Heilung von ihren Gebrechen geschenkt hatte und immer wieder so viele Menschen mit ihren Leiden dorthin pilgerten? Genauso gab es doch freilich viele, die mit denselben Leiden wieder zurückgekehrt waren, enttäuscht und ohne Hoffnung. Lag es an ihrem schwachen Glauben, hätten sie mehr opfern müssen, mehr büßen? Auch Martha hatte es mit Büßen versucht: Unzählige Male war sie, wenn sie allein im Haus war, auf ihren nackten Knien die Treppe rauf und runter gerutscht, bis ihr das Blut gekommen war. Gut, dass Mutter es nicht bemerkt hatte! Sie hatte sich die Geißel über den Rücken geschlagen, bis sie die Schmerzen nicht mehr aushielt. Hätte sie trotzdem noch weiterschlagen sollen? Sie war verzweifelt. Nur wenn der Herr Vater kam und ihr sanft über das lange blonde Haar strich, gab ihr das wieder Kraft. Nein, ihm wollte sie nicht noch zusätzlich

Kummer bereiten, sah sie doch, wie sehr er schon unter ihrer Krankheit litt.
„Martha, bist du so weit? Der Kutscher ist schon vorgefahren." Der Vater hatte das Mädchen aus ihrer Versunkenheit gerissen.
„Gewiss, ich komme schon", rief sie hinunter ins Foyer.
Bald holperte der Zweispänner über die Landstraße. Irgendwo da ganz weit vorne, sicher eine Tagesreise entfernt, musste Nürnberg liegen. Die Eltern hatten das blasse Mädchen in ihre Mitte genommen und ließen es einfach in Ruhe.

Die Fahrt war für Martha Strapaze genug. Noch in der Stadt kamen ihnen Schleizer entgegen, die voll Ehrerbietung ihre Hüte vom Kopf nahmen. Die Damen deuteten einen Knicks an. Johann Verber hatte jedes Mal die Hand zum Gruß gehoben oder ebenso die Kopfbedeckung andeutungsweise gelüftet, je nachdem, wer ihn da begrüßte. Manche kannte er nicht. Wie sollte er auch? Bald ließen sie die Stadtgrenze hinter sich und fuhren auf der Handelsstraße weiter in Richtung Süden. Der Kutscher saß wie versteinert auf seinem Bock und schaute weder nach links noch nach rechts.
„Hast du auch die Exerzitien ernst genommen, mein Kind?", unterbrach Johann Verber das Schweigen.
„Gewiss, mein Herr Vater, mehr als sonst!", antwortete sie müde. „Doch warum müssen wir nach Friesau fahren und können nicht am Hochamt in Schleiz teilnehmen?"
Irgendwie konnte die Mutter das Mädchen verstehen. Es waren immerhin unnötige Strapazen damit verbunden, und der gütige Gott war ja schließlich nicht an einen bestimmten Ort gebunden. „Aber dort in St. Leonhard sind im Altar die Gebeine der Heiligen Bartholomäus und Erasmus eingemauert, das ist ein besonders heiliger Ort, mein Kind. Nicht umsonst haben viele Wallfahrer bisher zu diesen Reliquien um ihre Gesundung gebetet, und sie hatten Erfolg. Lass uns doch Vertrauen haben, dass der gütige Gott und die heilige Jungfrau Maria auch dir in ihrer großen Güte gnädig sind!"
Hierauf wusste auch Martha nichts mehr zu sagen. Sie schloss die Augen und faltete demütig ihre kleinen Hände, in denen sie den geschmeidigen Rosenkranz spürte.

Vor St. Leonhard hatten sich schon frühzeitig viele Menschen versammelt und warteten auf den Herrn Pfarrer, dass er die schwere Kirchentür aufschließen lasse. Einige von ihnen hatten einen stundenlangen Marsch durch Wald und Flur hinter sich und stampften mit ihren Füßen kräftig auf den hart gefrorenen Boden, um sie wenigstens ein wenig zu erwärmen. Der November war in diesem Jahr besonders kalt. Sie traten einen Schritt zurück, als der Pfarrer in seinem festlichen Ornat mit seinem Messdiener aus dem Pfarrhaus trat und zu ihnen auf den Kirchhof kam. Er machte in ihre Richtung das Kreuzeszeichen, bevor er in der Tür zur Sakristei verschwand. Wenig später öffnete der Messdiener die schwere Kirchentür für das gemeine Volk. Ehrfürchtig traten sie schweigend ein und nahmen auf den harten Holzbänken Platz. Es sprach keiner ein Wort, jeder hing seinen hoffentlich frommen Gedanken nach. Vom Pfarrer war nichts zu sehen. Er betete sicherlich in der Sakristei für die Sünden seiner Gläubigen. Das zu wissen, war ein gutes Gefühl.

Die heilige Messe war gut besucht, bis auf wenige Plätze war der Raum gut gefüllt. Die ersten beiden Bankreihen waren noch frei. Hier durfte sich das gemeine Volk nicht hinsetzen, es war der für die Herrschaften reservierte Platz. Soeben öffnete sich erneut die Kirchentür, und Johann Verber von Schleiz erschien mit seiner Gemahlin und dem Fräulein Tochter, auch sie alle gekleidet in einer vorzüglichen Garderobe. Alle Messbesucher wandten sich sofort nach ihnen um. Einige raunten sich irgendetwas zu, andere nickten herüber, ohne zu wissen, wer die Hereintretenden überhaupt waren. Es bestand kein Zweifel, dass sie Herrschaften waren.

Die Messe begann. Der Messdiener hatte an der Seite des Altarraumes Platz genommen. Als der Herr Pfarrer aus der Seitentür in den Kirchenraum trat, standen alle ehrfürchtig auf. Erst als er sein Gebet vor dem Altar verrichtet und sich auf den mit einer hohen, reich verzierten Rückenlehne versehenen gepolsterten Stuhl gesetzt hatte, nahmen auch alle anderen ihre Plätze wieder ein. Fast unauffällig nickte Johann Verber dem Pfarrer zu. Der schien mit dem Besuch zufrieden zu sein und lächelte kurz zurück. Dann begann er seine liturgischen Sätze in Latein zu singen. Seine Stimme füllte den Raum sofort voll aus. Als dann auch die Gemeinde mit ihrem Gesang begann, wurde das kleine Kirchenschiff zu einem Dom, voller heiliger Stimmung und Inbrunst. Martha schaute sich schüchtern um. Dort, in diesem Altartisch also, sollten Teile der Gebeine der beiden Heiligen liegen, die für sie bei Gott eintreten sollten? In diesem Moment fühlte sie auch wieder den stechenden Schmerz, der sich bei auch nur der kleinsten Bewegung brutal in ihren Kopf einbohrte. Sie hatte ihn fast schon vergessen gehabt. Wie sollte das aber nur funktionieren, wenn da womöglich nur ein Knochen oder ein Haar der Heiligen eingemauert waren? Ob das dann auch schon half? Viele Wunder wurden über die Heiligen erzählt, vielen Menschen hätten sie bereits in ihrer Not geholfen. Wer sich ihnen zuwandte, der würde von ihnen vor Gott vertreten, und weil sie ja Heilige seien, Märtyrer, die wegen ihres treuen Glaubens an den Allmächtigen, hingerichtet worden seien, könne man auch mit jeder Not zu ihnen kommen wie auch zur Gottesmutter. So hatte es der Herr Vater erklärt. Martha hatte es nicht verstanden, wozu erst noch andere Heilige mit bei Gott für sie eintreten müssten, wenn sie das doch selbst ihrem Herrgott sagen konnte, was sie auf dem Herzen hatte. Und war es nicht der Gekreuzigte, der vielen Kranken Heilung schenkte, einfach so, weil sie ihm leidtaten? Ein Schauer fuhr ihr über den Rücken, als sie sich das alles so vorstellte.

Der alte Pfarrer hatte seine Messliturgie beendet. Martha schämte sich, dass sie so wenig davon verstanden hatte. Langsam ließ sie den Rosenkranz fast schon automatisch durch ihre Finger gleiten. „Ach, Herr, bitte hilf mir doch!“, formulierten dabei ihre Lippen. Das leise Klingeln bei der Eucharistie ließ Martha wieder aufhorchen. Es war ein feiner, wohltuender Klang, der die Wandlung der geweihten Hostie deutlich machte: Nun also ist diese kleine Oblate leibhaftig das Blut und der Leib des Herrn. Freudig erhob sie sich, als der Pfarrer sie mit den anderen Messbesuchern an den Tisch des Herrn einlud. Sie öffnete den Mund und spürte das kleine runde Gebäck auf ihrer Zunge kleben, als wollte es mit ihr eins werden. „Herr, hilf mir!“, dachte sie dabei.
Langsam löste sich die Oblate in ihrem Mund auf. Ihr Blick wanderte empor zum Kruzifix über den geöffneten Flügeln zur Kreuzigungsgruppe. Links stand Maria in einem hellblauen Gewand mit einem ganz merkwürdigen Gesichtsausdruck. Rechts befand sich Johannes. Er sah anders aus, nicht so mit einem großen Bart, wie ihn die anderen heiligen Männer trugen. Dann blieb ihr Blick an dem sterbenden Jesus hängen. Was hatte er nicht alles auf sich genommen, wie viel Schmerzen und wie viel Leid ertragen, obwohl er ohne Schuld und Sünde war! Als sie sich

dieses bewusst machte, stiegen ihr Tränen des Mitleids in die Augen. Sie begann zu weinen.
Die Eltern schauten sorgenvoll auf das Mädchen. „Was ist, mein Kind?", wollte der Vater wissen. Er hatte seinen Arm zärtlich über die Schulter des Mädchens gelegt.
Immer stärker nahm der Schmerz über das Leid dort am Kreuz für Martha zu. Und sie merkte dabei nicht, dass durch die vielen Tränen der Druck in ihrem Kopf zu schwinden begann. Je mehr sie weinte, umso mehr nahmen die Schmerzen in ihrem Kopf ab – wie ein Wunder. War das schon das Wunder? Die Kopfschmerzen jedenfalls waren plötzlich verschwunden. Hatte der Herrgott hier an ihr das getan, worum sie so sehnlichst gerungen hatte?Immer noch mit Tränen in den Augen schaute sie zunächst ihren Vater an und dann auch die Mutter.
„Mein Kind, was ist nur los mit dir?", wollte der Vater wissen, während die anderen Messbesucher langsam dem Ausgang zustrebten. Dort stand auch der alte Pfarrer, der jedem Einzelnen zum Abschied die Hand gab.
„Ich weiß es nicht, Herr Vater", gab sie zur Antwort. Sie wusste es wirklich noch nicht, konnte es nicht glauben, dass sie geheilt war.

Schleiz, Goldschmiedewerkstatt von Andreas Eckart, 1508, am Nachmittag

„Welch eine Ehre, welch ein hoher Besuch!", empfing ihn der schlanke, immer noch jugendlich wirkende Goldschmiedemeister Andreas Eckart. Seine beiden Gesellen waren damit beschäftigt, einen Rohling für einen besonders edlen Fingerschmuck für das Herrschaftshaus in Gera zu gießen. Bei solchen Arbeiten war der Meister gern zugegen, um die Arbeiten zu überwachen. Nicht, dass er seinen Gesellen misstraute, doch war der Auftrag zu wichtig, als dass irgendetwas dabei danebengehen durfte.
„Ich möchte ein heiliges Gerät bestellen, einen Kelch für das heilige Mahl des Herrn", kam Johann Verber auch gleich zur Sache. Es war ein ungewöhnlicher Auftrag für eine Privatperson, wenn der frühere Bürgermeister und erfolgreiche Handelsmann mit einem solchen Anliegen kam. Deshalb horchte Andreas Eckert auch sofort auf. „Darf ich fragen, für welches Gotteshaus dieses Gerät bestimmt ist?", hakte er nach, und Johann Verber erzählte gern von dem Wunder in Friesau, von der Heilung

seiner geliebten Tochter Martha. Es sollte also ein Dank sein, eine Stiftung für etwas Unbeschreibliches – also kein Kelch wie sonst üblich aus Gold oder Silber, verziert durch eingraviertes ornamentales Beiwerk, höchstens mit einem aus edlem Metall getriebenen und aufgesetzten Kruzifix.
„Dann muss es etwas ganz Besonderes werden, etwas Einmaliges“, gab der Goldschmied zu. In seinen Gedanken begann er bereits das Kunstwerk zu schaffen. Er mochte solche besonderen Herausforderungen. Es war nicht allzu lange her, mochten es dreizehn Jahre sein, dass er ein solches Meisterwerk zuletzt angefertigt hatte. Damals war es die Schwester Johann Velberts, die der Pfarrkirche St. Georg zu Schleiz etwas stiftete: ein überaus vorzügliches Meisterwerk. So etwas musste es wieder sein. Meister Eckart spürte bereits jenes unbeschreibliche Kribbeln in seinen Gliedern, dass stets dann eintrat, wenn er solchen fast einmaligen Herausforderungen gegenüberstand.
Als sie sich über den Preis geeinigt und auch den Zeitpunkt festgelegt hatten, an dem der Kelch fertig sein sollte, verabschiedete sich der Bürgermeister a. D. zufrieden.

Andreas Eckert machte sich sofort an die Arbeit und begann die ersten Entwürfe zu skizzieren, nachdem er die alten Unterlagen von dem anderen Abendmahlskelch aus dem hohen Aktenschrank herausgesucht hatte. Es war eine braune Papprolle mit geflochtenen hellgrünen Leinenbändern, der Goldschmiedemeister wusste es noch sehr genau. Sorgfältig studierte er die einzelnen Entwürfe. Nach und nach entwickelte sich zunächst eine Idee, dann ein Plan. Seine Gesellen mochten den Ring nun alleine fertigbringen, er hatte Wichtigeres zu tun. Schon glitt der Stift über das Papier und ließ schrittweise Detailskizzen entstehen: eine Grundform, eine Seitenansicht. Dass dieser Kelch die gleichen Maßverhältnisse hatte wie derjenige für St. Georg und auch den gleichen stilistischen Aufbau, machte ihm nichts aus. Ein Sechspassfuß mit aufgesetztem Schaft sollte den Ständer bilden, der dann die Kuppa zu tragen hatte. Der Meister erinnerte sich, dass er viel Zeit beim alten Entwurf gebraucht hatte, weil er zwei Ebenen darstellen wollte. Es war ihm von Anfang an klar, dass ein Kelch eine Predigt des Wortes Gottes war, eine wichtige sogar, denn über ihn geschah letztlich die Eucharistie. So sollte beides deutlich werden. Vielleicht gelang es ihm sogar, in der Form das Kreuz des Herrn nachzubilden. Wieder starrte er auf die Skizzen. Bildeten nicht der breite Fuß und die geöffnete Schale der Kuppa einen mehr oder weniger horizontalen Aspekt? War der breite Fuß nicht ein Zeichen für das, was auf der Welt geschah? Hier müsste er das Menschliche darstellen, das aber gleichzeitig schon in die Höhe wies, wo das Unendliche in Form des Kelchtrichters verdeutlicht wurde. Schlicht sollte der Kelchrand sein, breit und schlicht. Hier müsste alles das dargestellt werden, was in der Ewigkeit Gottes für den Menschen bereitstand. Doch wer wollte das bilden, wer erklären und darstellen? Nein, die Kelchschale musste schlicht bleiben, wenigstens in der oberen Hälfte. Jedoch der Schalenkorb, der konnte ein Hinweis auf die Ewigkeit sein, wunderschön verziert mit reichem Ornamentdekor, entwachsen aus dem bilderreichen Sockel über dem geheimnisvollen wulstartigen Nodus. Ja, so könnte der Kelch schließlich aussehen. So ähnlich hatte er den anderen Kelch auch angefertigt. Erschrocken bemerkte Meister Eckert, dass es bereits später Abend war, als er den Stift aus der Hand legte. Die Gesellen hatten die Gewohnheit, ihren Meister bei seinem Meditieren nicht zu stören. So waren sie grußlos gegangen. Seltsam, dass seine liebe Ehefrau Anna noch nicht nach ihm gesehen hatte! Sicher war sie noch mit den Kindern beschäftigt. Der Goldschmiedemeister strich sich nachdenklich über das Haar. Jetzt gab es viel zu tun, jetzt sollten die einzelnen Details erarbeitet werden, und dies musste gründlich geschehen, um die geplanten gegensätzlichen Bewegungsabläufe in der Komposition des Kelches so harmonisch wie möglich zu gestalten.

Friesau, 1508, Pfarrkirche St. Leonhard und Nikolaus, vormittags

Die schwere Eichentür ließ sich nicht leicht öffnen, als Meister Eckart sie zu sich zog, aber sie bewegte sich schließlich widerwillig. Im Kirchenraum war niemand zu sehen. Er setzte sich auf die erste Holzbank und begann ein Gespräch mit seinem Herrgott. Für ihn war es wichtig, dass er beim Erstellen eines heiligen Gerätes auch die Nähe seines Schöpfers spüren konnte, von dem er die Kunst als wunderbare Gabe bekommen hatte. Er wusste dies nur zu gut.

Als sein Herz Amen gesagt hatte, schaute er lange auf den Erhöhten, der über dem Flügelaltar am Kreuz hing. Sein Gesicht spiegelte das Leid wider, das er dort an diesem Marterpfahl für alle Menschen auf sich genommen hatte. Immer wieder bewegte Meister Eckhart die

Leidensgeschichte Jesu. Nein, es war kein harmloser Spaziergang gewesen, er hatte die Schuld der ganzen Welt, jedes einzelnen Menschen, dort ans Kreuz getragen. Dies müsste man einfangen und darstellen können. Doch wie sollte ihm das gelingen auf diesen winzigen Materialien, die ihm da zur Verfügung standen? Fast schon zögerlich begann der Meister seine Skizzen aufs Papier zu bringen: Die Himmelskönigin Maria, gekrönt und von einer Sonnenglorie umgeben, trug das Christuskind auf ihrem rechten Arm, links hielt sie einen Apfel als Symbol der Weltkugel. Dann entstand eine Skizze von der Kreuzigung Christi. Nein, er begann nicht hiermit – zu heilig war ihm diese Szene.
Langsam entstand auf dem Papier das Bild des Gekreuzigten. Links neben ihm war Maria, rechts Johannes, einer seiner Jünger, dargestellt. Meister Eckart war froh, dass er alleine in dieser Kirche war. Obwohl ihn fröstelte, fühlte er sich wohl. Er hatte sich sehr lange die Heiligenfiguren am Altar angesehen. Längst hatte er auch den Flügelaltar geöffnet und die Bilder auf den Innenseiten studiert. Nun skizzierte er den heiligen Laurentius als barhäuptigen Diakon mit einem überdimensionalen Rost und einem großen Palmenzweig Dann zeichnete er den heiligen Nikolaus in vollem Ornat mit Mitra und Bischofsstab. Schließlich entstand auf dem Papier die Gestalt des heiligen Leonhard in einer faltenreichen Mönchskutte. Er hielt eine Kette in der Hand. Dem Meister war eingefallen, dass dieser Heilige, der ja einer der beiden Schutzpatrone von Friesau war, sich besonders der Fürsorge für die Gefangenen annahm.
Ein bekanntes quietschendes Geräusch aus dem Eingangsbereich zeigte ihm an, dass jemand das Gotteshaus betrat: eine alte Frau mit einem Blumensstrauß in der Hand. Sie legte das Gebinde auf einem Seitenaltar ab und ging wieder grußlos hinaus.
Auch Andreas Eckart steckte seinen Stift und den Notizblock in die Tasche. Er wollte nur kurz beim Herrn Pfarrer reinschauen und sich dann wieder auf den Weg nach Schleiz machen.

Schleiz, Goldschmiedewerkstatt des Andreas Eckart, Frühjahr 1509

Es war ein feierlicher Moment, als Meister Eckart den Stichel zur Seite legte und noch einmal den in spätgotischen Minuskeln am Fuße des Kelches eingravierten Schriftzug kontrollierte. „Anno dn 1509 fvndatvm est

hoc opvs per Iohann Verber hvi opidi Sl(evizii) praeconsvl“, las er leise vor sich hin. Dann stellte er den fertigen Kelch auf den Werktisch und drehte ihn ganz langsam in Uhrzeigerrichtung. Ja, es stimmte alles. Ihm standen Tränen der Freude in den Augen. Längst hätte er sein Handwerk aufgeben können, war er doch inzwischen in die Kreise des einflussreichen Schleizer Bürgertums gewählt worden, zu dessen Oberschicht er fortan gehörte. Sogar zum Bürgermeister hatte man ihn gewählt und ihn an die Spitze der städtischen Kommune gesetzt. Doch seiner Kunst blieb er stets treu, auch als Bürgermeister – ähnlich wie seinerzeit Johann Verber. Jetzt konnte dieser kommen und das Messgerät abholen. Andreas Eckart hatte einen Boten mit einer Nachricht zum Händler geschickt, und es dauerte auch nicht lange, bis dieser durch die Werkstatttür trat.
Ohne ein Wort zu sagen, ging er auf den Werktisch in der Mitte des Raumes zu. Es war unheimlich still, als er den Kelch mit beiden Händen vom Tisch nahm und ihn lange betrachtete. Als Erstes fielen ihm die großen Buchstaben am getriebenen Knauf auf: IHTOGM.
Ohne auf die Frage zu warten, ergänzte der Meister den lateinischen Satz: „In hoc testamento omnis genimen mundi – In diesem Kelch steckt das Heil der ganzen Welt.“
„Ein wahres Wort!“, antwortete Verber nachdenklich. „Da ist sie, meine liebe Martha.“ Meister Eckart freute sich sehr, dass Johann Verber das Mädchen sofort entdeckt hatte. Es kniete am Kreuz, die Hände zum Gebet erhoben, seine gesund gewordene Tochter.
„Es ist ein Traum, ein wunderschöner Traum.“ Johann Verbers Stimme klang brüchig, er kämpfte mit den Tränen. „Unsere Tochter Martha wollte, dass Anna mit auf dieses heilige Gerät kommt. Sie hat sie oft angerufen in ihren Todesängsten, wenn der Kopf zu platzen drohte.“
Der Goldschmied drehte den Kelch noch ein wenig weiter, bis auch die letzte Figur zu sehen war.
„Ihr werdet doch mitkommen, wenn wir in St. Leonhard diesen Kelch aus Dankbarkeit gegenüber dem großen Gott übergeben und ihn dort weihen lassen?“ Meister Eckart sagte gerne zu.

Es war eine festliche Eucharistiefeier, als der Kelch übergeben wurde und zum ersten Mal das Blut Christi spendete. Die Hände des Pfarrers zitterten, als er ihn nach der Messe in den Tabernakel einschloss. Von nun an sollte dieses wunderschöne Gerät, das von der gnadenreichen Heilung der Martha Verber zeugte, zum Segen für die Gemeinde eingesetzt werden.

Schleiz, 24. März 1517, Pfarrkonvent im Pfarrhaus von St. Georg, am Morgen

Sie hatten mit einem gemeinsamen Psalmgesang begonnen, die Herren Pfarrer aus Schleiz und den umliegenden Kirchspielen. Sie waren auch alle gekommen, obwohl es immer noch tief verschneite Wege gab und die Kälte schnell stechend in die Glieder fuhr. Das angekündigte Thema war viel zu interessant, sollte man doch etwas von jenem Mönch Martin Luther erfahren, der den Mut hatte, gegen die derzeitige Bußpraxis in der geliebten Mutter Kirche und die schier allmächtigen Bischöfe aufzubegehren. Oder war dieser Bruder nur ein Unruhestifter und letztlich nicht ganz ernst zu nehmen? In vielen Dingen stimmten sie ihm nicht zu. Anderes wieder konnten auch sie nachvollziehen. Nun waren sie nicht gerade die, die große Diskussionsreden schwangen, eher die Dorfpfarrer, die in aller Treue ihren bescheidenen Dienst, so gut es eben ging, an den ihnen anvertrauten Gemeinden versahen. Aber auch bei denen war durchgedrungen, dass etwas in der Luft hing, dass also die Herren Bischöfe verstärkt gegen diesen Mönch Luther anwetterten. Dabei sei er ein vortrefflicher Theologe, so hieß es, der es mit jedem aufnehme, der mit ihm diskutieren wolle. Wie sollten sie sich nun verhalten, vor allem auch, wenn der Pöbel von alledem viel mitbekam und nun auch noch den Klerus in Bausch und Bogen kritisierte, von dem man doch feste Orientierung und beständige Werte erwartete?
So kam den Herren Geistlichen sehr entgegen, dass sich ein Bruder aus Wittenberg zu einem Besuch angemeldet hatte, einer, der mehr Informationen hatte als alle die anderen Herren Vorgesetzten, Bischöfe und heiligen Eminenzen.

Bruder Bartimäus war ein kleiner schmächtiger Mönch mit einem spitzen, nicht mehr ganz jungen Gesicht, das von einem dürftigen Bartflaum umrahmt war. Seine hellblauen Augen passten gut zur braunen Kutte, aber wen interessierte das schon? Ihn am allerwenigsten. Er war nicht fleischlich gesinnt und tat alles, damit dies auch so blieb. Ihm war es unangenehm, dass man sein Erscheinen so hoch angesetzt hatte. Er wollte doch nichts anderes, als die Sache seines Freundes Bruder Martin hier zu erklären, falls es gewünscht würde. Er war doch ohnehin in dieser Gegend. Mit innerer Gegenwehr setzte er sich schließlich auf den Ehrenstuhl, den man ihm hier zugedacht hatte.

Der Blick in die Runde zeigte, dass die anwesenden Herren nicht unbedingt auffallend intelligent aussahen, eher teilweise einfältig – bis auf den Hausherrn, der sich ausführlich nach seiner Reise erkundigte. Während der Vorstellungsrunde nickten sie dem Mönch zu, der sich bemühte, die Namen der Geistlichen im Gedächtnis zu behalten. Gemeinhin gelang ihm das auch.

„Wir wollen keine Zeit verschwenden, Bruder Bartimäus“, begann sofort der Hausherr die Gesprächsrunde nach der Andacht. „Vielleicht klärt Ihr uns darüber auf, was gerade in Wittenberg geschieht. Wir hören hier aus zweiter und dritter Hand einiges darüber, können uns aber kein genaues Bild machen. Unsere Gemeinden erwarten aber klare und nachvollziehbare Antworten. Was ist da los in unserer lieben Mutter Kirche? Wer ist dieser Luther? Was will der?“ Der Hausherr hatte sich gesetzt. Erwartungsvoll schauten alle auf den Gast.

„Es sind gleich mehrere Fragen. Bruder Martin ist am 17. Juli 1505 zu uns in das Kloster der Eremiten in Erfurt gekommen, nachdem er Gott bei einer wunderbaren Bewahrung in einem furchtbaren Gewitter seine Treue geschworen hatte. Zwei Jahre später wurde er zum Diakon und bereits zwei Monate später zum Priester geweiht. Seine wichtigste Frage lautete stets: ‚Wie bekomme ich einen gnädigen Gott?‘ Dabei ging es ihm um das Sakrament der Buße. Wie steht es mit der aufrichtigen Reue aus Liebe zu Gott, wie mit der Angst vor Gottes Bestrafung? Was ist mit den Sünden, die einem selbst unbewusst sind? Er spürte eine Heilsungewissheit darüber, ob er überhaupt die Voraussetzung für das ewige Heil erfüllen könne oder ob er nicht zuletzt mit einer ungültigen Absolution eine ewige Verdammnis auf sich zöge. Er sprach mit seinem Beichtvater, dem Generalvikar der Kongregation Johann von Staupitz, darüber, und der riet ihm, ein intensives Theologiestudium zu absolvieren. So ging Bruder Martin nach Wittenberg an die Universität.

Schon ein Jahr später erwarb er den Grad des Baccalaurius biblicus und wenige Monate danach den des Baccalaurius sententiarius. Danach ging es zurück nach Erfurt. Bruder Martin war stets ein gehorsamer frommer Christ und treuer Diener seiner geliebten Kirche. Vor sechs Jahren durfte ich ihn nach Rom begleiten, zum Heiligen Vater. Auf den nackten Knien

erklomm er die ‚heilige Treppe‘ am Lateran, um Sündenvergebung in einer dritten Generalbeichte zu empfangen. Und er tat es für seine verstorbenen Verwandten, die er so aus dem Fegefeuer erretten wollte. Nur eines bereitete uns große Not: Wir sahen das Treiben in der Heiligen Stadt und im Vatikan. Überall sahen wir Unernst im Glauben und Sittenverfall. Wir sprachen viel darüber, wussten aber auch keine Lösung. Bruder Martin ging dann wieder zurück nach Wittenberg und bewarb sich dort um ein theologisches Doktorat. Er promovierte ein Jahr später und übernahm den Lehrstuhl der Lectura in Biblia. Vor drei Jahren wurde er Provinzialvikar – eine Stelle, die mit bekanntlich vielen umfangreichen Leitungsaufgaben in unserem Orden und mit vielen Visitationen und Reisen verbunden ist. Dennoch gab er sich der Theologie weiter intensiv hin – und wie ein Wunder kam ihm plötzlich die große Erkenntnis, nach der er sich längst gesehnt hatte. Er saß gerade an seinem Schreibtisch und dachte über einen Text aus dem Römerbrief des Paulus nach, als er plötzlich das entdeckte, wonach er sich seit einem Jahrzehnt so gesehnt hatte: das Prinzip der Gerechtigkeit Gottes sola gratia.“
Bruder Bartimäus nahm einen kleinen Schluck Tee aus der filigranen Tasse. Es war auffallend still in der erlauchten Runde der Pfarrer. Jeder hing seinen Gedanken nach.
„Aber das geht doch nicht!“, entfuhr es dem Hausvater ungewollt. Alle schauten ihn erschrocken an. „Das setzt doch unsere ganze Bußpraxis ad absurdum.“
„Von welcher Bußpraxis sprecht Ihr?“, wollte Bruder Bartimäus wissen und fuhr, ohne eine Antwort abzuwarten, fort: „Meint Ihr die von unserer Mutter Kirche geschürte Angst vor dem Fegefeuer? Nennt mir eine ernst zu nehmende Stelle in der Heiligen Schrift, die dies begründet!“
Bruder Bartimäus fuhr mit seinem Vortrag fort, als gäbe es keinen Einwand.
„Gottes ewige Gerechtigkeit sei ein reines Gnadengeschenk, das dem Menschen nur durch den Glauben an Jesus Christus gegeben werde. Keine Eigenleistung könne das erreichen“, sagte er mit leiser Stimme.
„Aber das heißt doch …“, machte sich der Pfarrer von Saalburg bemerkbar. „Wir können nichts selber für unser Seelenheil tun?“
„Ja, für Bruder Martin war mit einem Schlag die Balance zwischen menschlichen Fähigkeiten und göttlicher Offenbarung zerbrochen. Von nun an sah er die ganze Praxis seiner Kirche kritisch.“

„Ich hörte", unterbrach ihn der Pfarrer von Oschitz, „dass dieser Bruder Martin gegen die Ablassbriefe des Johann Tetzel öffentlich predigte, aber geht das denn so? Es ist doch von höchster Stelle so angeordnet. Die Leute müssen doch etwas für ihre Sündenvergebung tun können." Er sorgte sich ernstlich um das Seelenheil seiner Schäfchen. Er hatte gehört, dass Gemeindeglieder von Oschitz sich auf diese lange Reise begeben haben, um im Magdeburgischen diese Ablassscheine zu erwerben.
„So ist es. Bruder Martin bezeichnet in seinen Ausführungen den Ablass als gutes Geschäft für die Mutter Kirche, spricht ihm aber jegliche Wirkungskraft ab, auch die geringste lässliche Sünde wegzunehmen. Er hat sogar ein Thesenpapier mit 95 Punkten erarbeitet, das er an den Erzbischof Albrecht von Mainz, der ja bekanntlich gleichzeitig Erzbischof vom Bistum Magdeburg ist, geschickt hat, in dem auch Wittenberg liegt. Auch andere geistliche Würdenträger erhielten dieses Papier, in dem er die Praxis des Ablassverkäufers Johann Tetzel hinterfragt. Auch Tetzel selber erhielt dieses Schreiben. Der reagierte aber zunächst überhaupt nicht darauf." Bruder Bartimäus machte wieder eine Pause. Er blickte in die Runde, um die Wirkung seiner Rede zu prüfen.
„Recht hat der Luther. Wie kommen wir dazu, die Schulden des Herrn Albrecht, seiner Eminenz, zu bezahlen?", machte sich der Hausherr Luft. Er hatte davon gehört, dass einige Laien bereits sehr kritische Fragen formuliert hätten. So fragten sie, warum der Papst, der doch reicher sei als der reichste Crassus, nicht wenigstens seine Kirche St. Peter in Rom von seinem Geld bezahlen könne, sondern es von den armen Gläubigen einsammeln lasse. Das hatte ihn schon immer geärgert, auch, dass der Erzbischof Albrecht gegen das kanonische Recht verstieß, das eine Ämterhäufung verbot. Überhaupt: Durfte man sich kirchliche Ämter erkaufen? Wo blieb dabei der Gedanke der Berufung?
„Aber das ist es ja nicht alleine. Bruder Martin hat noch viele andere Dinge im Blick. Er hat eine lange Liste von Thesen als Herausforderung zu einer der üblichen akademischen Disputationen aufgeführt, über die man in der geliebten Kirche sprechen sollte. Den Abschluss dieser Thesen bildet ein Aufruf an alle Christen, ihrem Haupt Jesus Christus durch Strafen, Tod und Hölle treu nachzufolgen. Sie sollten sich nicht in falscher Sicherheit wiegen, sondern lieber darauf trauen, durch viel Trübsal ins Himmelreich einzugehen." Wieder machte Bruder Bartimäus eine Pause.
Die Zeit war viel zu schnell vergangen. Es gab eine rege und äußerst informative Diskussion. So berichtete Bruder Bartimäus davon, dass

Bruder Martin immer häufiger erlebe, dass viele Magdeburger der Beichte fernblieben und sich stattdessen auf den Weg ins stiftsmagdeburgische und anhaltische Gebiet nach Jüterbog und Zerbst machten, um sich und auch verstorbene Angehörige von Sünden und Sündenstrafen durch den Kauf von Ablassbriefen freizukaufen. Als dann noch der Pfarrer von Oschitz bestätigte, dass auch er das von einigen Dorfbewohnern wisse, herrschte betretenes Schweigen.

Schon mussten sich die ersten Pfarrherren bereits wieder auf ihren Rückweg machen. Ihre Kutschgespanne warteten. Die beiden Pfarrer von Saalburg und Friesau fuhren gemeinsam in einem Wagen. Gut, dass der Kutscher von ihrem Gespräch nicht viel mitbekam!

„Habt ihr gewusst, dass Albrecht von Brandenburg, der Bischof von Magdeburg, nun auch noch Erzbischof von Mainz und damit Kurfürst geworden ist?“, meldete sich sofort der Pfarrherr von Saalburg.

„Aber das geht doch gar nicht. Wir haben doch ein kanonisches Recht, das solche Anhäufung von Ämtern verbietet!“, warf der Pfarrer von Friesau ein.

„Nicht, wenn man eine Sondergenehmigung vorlegt, und die soll Erzbischof Albrecht beim Heiligen Stuhl erkauft haben.“

Verärgert schüttelte der Friesauer den Kopf. „Und woher nimmt er das Geld?“

„Unser Heiliger Vater Leo X. freut sich bestimmt schon auf die Dukaten. Außerdem hat unsere heilige Kirche, sprich das Mainzer Domkapitel, ja auch noch das Palliengeld für die Wahl des neuen Bischofs an den Papst zu entrichten. Da wird sich Albrecht noch etwas einfallen lassen müssen“, griff der Friesauer Pfarrer das Thema auf. Der Wind hatte leicht zugenommen und nötigte die beiden Herren, die Mäntel fester zu schnüren.

„Das hat er doch schon. Es kommen ja auch noch Zahlungen für den Neubau des Petersdoms dazu, den der Heilige Vater, Seine Heiligkeit Julius II., angestrengt hatte“, wusste der Pfarrer von Saalburg zu berichten. Er schien besonders gut informiert zu sein. „Der Heilige Stuhl hat das alles gut durchdacht: Albrecht leiht sich das Geld bei den Fuggern und kann so die Schulden bei der Kirche begleichen. Als Gegenzug erhält er für acht Jahre das Recht, in seinen Territorien den Peterserlass einsammeln zu lassen. Die Hälfte davon geht nach Rom, und die andere Hälfte bekommt Albrecht für die Rückzahlung an die Fugger. Das Geld holt er sich dann also nach und nach indirekt von den Gläubigen zurück.

Ist doch genial. Dann muss man nur noch einen einfallsreichen Menschen wie den Tetzel finden, der das alles richtig umsetzt und damit durchs Land zieht."

Erschrocken legte der Pfarrer von Friesau seine Hand auf den Arm des Kollegen. „Bruder, sind wir noch auf dem richtigen Weg? Oder lassen wir uns auch von den Zeichen der Zeit mitreißen? Ist das schon der Anfang des Endes, der Wiederkunft des Herrn? Wir lieben doch unsere Mutter Kirche und fühlen uns ihr verpflichtet mit unserem ganzen Leben. Ich bin im Zweifel, ob alles so recht ist! Wir werden sehen. Gelobt sei Jesus Christus", verabschiedete er sich.

„In Ewigkeit, Amen!", kam es zurück.

Friesau, 25. September 1525, St. Leonhard, 18.38 Uhr

Müllers Schorsch kam ganz aufgeregt über den Dorfplatz zur Kirche gerannt und hätte dabei fast den Küster zu Fall gebracht, der gerade an der Kirchentür werkelte. „Läuten, schnell, sie kommen!" Noch bevor der Küster überhaupt mitbekam, worum es ging, war Schorsch auch schon im Kirchenschiff. Schnell betätigte er die alte Glocke, die zu dieser Tageszeit nur Gefahr bedeuten konnte. Alle sollten es hören, sollten sich darauf einstellen, dass *sie* kamen. Längst hatten sie damit gerechnet und im Stillen gehofft, sie würden nicht von der Handelsstraße abweichen und sie jetzt hier in Friesau in Ruhe lassen.

Noch vor Kurzem waren die Friesauer begeistert gewesen, als sie die mit Schlägeln, Sensen und Mistgabeln bewaffneten Bauern aus dem Schwäbischen und Badischen gesehen hatten, die da voller Tatendrang ostwärts gen Mansfeld zogen, um für ihr Recht zu kämpfen. Viel zu schwer war die Last, die durch Abgaben, Frondienste und Leibeigenschaft auf ihnen ruhte. Wie ein Flächenbrand breitete sich dieser Aufstand der Bauern über das ganze Land aus. Nicht nur die Landleute, auch die Städter schlossen sich teilweise dieser aufbrechenden Bewegung an. Um mehr Gerechtigkeit ging es ihnen und um die Entmachtung der Fürsten, die immer mehr Tribut von ihnen verlangten. Ein Thomas Müntzer war bald ihr Wortführer. Anfangs hatten sie versucht, wie Martin Luther auch, die Landesfürsten für Reformen zu gewinnen. Luther bemühte sich in einer Flugschrift um eine gütliche Einigung, griff einige berechtigte Forderungen der Bauern auf und wies sie und auch die Fürsten mit deutlichen Worten zurecht und forderte sie zur Besinnung auf.

Dann aber war diese schreckliche Tat passiert, die der ganzen Freiheitsbewegung der kämpfenden Bauern eine Wende gegeben hatte: Irgendjemand hatte in seiner Wut einen Grafen und seine Begleiter meuchlings ermordet. Jetzt war der Zeitpunkt gekommen, an dem Luther nicht mehr hinter dieser Befreiungsbewegung stehen konnte, denn hier wurde getötet, und das sprach gegen die Bibel. Voller Empörung setzte er sich an seinen Schreibtisch und verfasste eine Schrift, in der er die mörderischen Rotten der Bauern und ihre Aufstände verdammte und sie als Werk des Teufels bezeichnete. Er ging sogar so weit, dass er alle Fürsten, egal, zu welcher Konfession sie auch gehörten, aufforderte, die Bauernbewegung mit aller Gewalt und Härte niederzuschlagen. Seitdem war die Kirche der greifbare Feind jener kämpferischen Bauern, und sie machten in ihrer Wut auch nicht mehr Halt vor den Gotteshäusern und dem Klerus.

Schnell rannte Schorsch, während das Läuten der Glocke ausklang, zum Altar und öffnete den Tabernakel. Da stand der goldene Abendmahlskelch in seiner Schönheit. Schorsch war alleine. Irgendetwas sträubte sich in ihm, in dieses Heilige zu greifen. Doch wenn er es nicht tat, konnte niemand garantieren, dass dieses heilige Gerät nicht von den aufkommenden Rotten mitgenommen würde.
Er fühlte, dass es in seiner Hand lag, jetzt das Rettende zu tun. Schnell ergriff er das heilige Gerät, steckte es unter die Jacke und rannte hinaus über den kleinen Friedhof zu seinem etwas entlegenen Bauernhof. Niemand in dem ganzen Trubel hatte auf ihn geachtet. Schnell holte er aus der Scheune einen Spaten, wickelte den Kelch in eine alte Jacke, die er immer zum Melken seiner einzigen Kuh anzog, und vergrub gleich neben der Scheune das kostbare Gerät. Dann lief er in die Küche und wartete auf die heranziehende Horde, die laut grölend schon von Weitem zu hören war.

Die Bäuerin sprach laut in ihrer Angst ein Vaterunser. Schon krachte es nebenan in der Scheune. Die Tür wurde aus ihren Angeln gerissen und die einzige Kuh einfach mitgenommen.
Schorsch war hinausgelaufen, um die Diebe aufzuhalten. „Aber ihr seid doch Bauern wie wir?“, rief er ihnen verzweifelt nach. Doch die Wut hatte diese Männer brutal und blind werden lassen. Sie zogen weiter über den Dorfplatz zur Kirche. Es wurden Bilder von den Wänden gerissen, Bänke

umgekippt und einige Scheiben eingeschlagen. Es waren aber auch einige Kämpfer dabei, die sich nicht an diesen Verwüstungen beteiligten. Von einem erfuhr Schorsch, was da auf ihrem Weg nach Mansfeld passiert war: Sie waren kurz vor dem Ziel in einen Hinterhalt gelockt worden und dann von den gut bewaffneten Soldaten des Fürsten umzingelt. Dann hatte man sie wieder auseinandergetrieben und ein großes Gemetzel angerichtet.
Was sollten sie mit ihren Schlägeln, Sensen und Mistgabeln ausrichten? An die fünftausend Männer fielen in dieser Schlacht, und die Fürsten beriefen sich dabei noch auf Luthers Schreiben. Jetzt sollten die Toten gerächt werden. Alle Häuser und Nebengebäude wurden durchsucht, einige von ihnen angezündet. Was einigermaßen wertvoll war, wurde mitgenommen. Warum sollte Schorsch sich jetzt wegen seiner Kuh beklagen? Auch wenn das Haus total auf den Kopf gestellt und alles durchwühlt worden war, waren sie doch noch am Leben, und das zählte.

Die Nacht brach über Friesau herein. Einige Häuser wurden von den Horden besetzt, die Leute mussten sich im Stall oder sonst irgendwo eine Bleibe suchen. Am nächsten Tag ging es weiter. Erst jetzt sah man die Auswirkungen der brutalen Verwüstung. Auch in der Kirche sah es wie nach einer Schlacht aus. Einzig der Altar und die Kreuzigungsgruppe waren nicht angerührt. Aber der Tabernakel stand offen. Die silbernen und goldenen Messgeräte waren verschwunden.

Mit Entsetzen in den Augen schauten sich die Dorfbewohner ratlos an. Sie beweinten den Verlust ihres so geliebten Kelches. Niemals wieder würden sie ein solch kostbares Gerät bekommen. Sie wussten ja nicht, dass Schorsch so vorsorglich gedacht hatte. Erst als er dazukam und den Trauernden von seiner Aktion berichtete, begannen sie wieder Hoffnung zu schöpfen. Gemeinsam begannen sie im Dorf die Verwüstungen zu beseitigen und halfen einander, die angerichteten Schäden zu beheben. Jeder wusste, dass es auch ihn hätte treffen können.
Am Sonntag saßen sie in der Kirche zusammen und dankten Gott für alle Bewahrung mit Psalmen und Lobliedern. Und als dann der Kelch vom Pfarrer zur Wandlung hochgehalten wurde, hielten sie ihren Atem an, so feierlich war es ihnen ums Herz. Gestärkt durch das heilige Sakrament, gingen sie zurück in ihre Häuser.

Schleiz, 8. August 1533, Bergkirche, 10.00 Uhr

Der Herr Superintendent ließ es sich nicht nehmen, diese besonderen Gottesdienste in der Bergkirche zu Schleiz und anschließend auch in der Stadtkirche zu halten. Fünfzehn Jahre war es her, dass der Mönch Martin Luther, der nun in aller Munde war, die Reformation mit seinen Thesen zur Diskussion in Wittenberg eingeleitet hatte. Was war nicht alles in dieser Zeit geschehen! Überall begann landauf und landab die Auseinandersetzung mit der neuen Idee. Mit der alten Kirche waren viele Fürsten und Grafen und andere hohen Herren zu unzufrieden, als dass sie jetzt für den Erhalt der alten Traditionen hätten kämpfen wollen. Auch in Thüringen und Sachsen waren einige Fürstenhäuser der neuen Lehre angetan und verordneten, von nun an evangelische Gottesdienste zu halten. Für manchen Geistlichen war dies eine schier unmögliche Umstellung, andere wieder waren sofort voller Begeisterung dabei, merkten sie doch, dass diese Wortgottesdienste, die auch von dem einfachen Volk verstanden werden konnten, mehr Lebenshilfe waren als die in Latein gehaltenen Messen. Zudem hatten einige Gemeindemitglieder inzwischen auch Bibeln erwerben können und konnten nachlesen, was die Herren Geistlichen dort von der Kanzel predigten.

An diesem Sonntag waren auch die Herren Visitatoren nach Schleiz gekommen. Sie wurden vom Pfarrer und dem Superintendenten in aller Form besonders begrüßt, ebenso die Herren Amtskollegen aus den umliegenden Gemeinden, die sich zu diesem besonderen Anlass in der Bergkirche eingefunden hatten. Das Gotteshaus war bis zum letzten Platz gefüllt. Jedermann war gespannt, was anders gemacht wurde als bei den Messen. Die Lieder jedenfalls waren noch dieselben und auch die Wechselgesänge in Latein. Aber dann wurde das Wort Gottes aus einer ganz neuen Bibel gelesen, so, wie es jedermann verstehen konnte. Und der Herr Superintendent sprach über Gott und über den Glauben und über den Mönch Martin Luther, der einen neuen Weg gewiesen hatte. Es war ganz still in der Bergkirche. Die Leute hingen an den Worten des Predigers.

Und als er dann zum Schluss zum Bekenntnis zum liebenden und lebendigen Gott aufrief, sagten alle ganz laut Amen und stimmten frohgelaunt das nächste Loblied an. Doch, an diese Art von Gottesdiensten konnten sie sich wohl schnell gewöhnen. Einige von ihnen

bekamen davon nicht genug und gingen auch noch anschließend in die Stadtkirche, um den Gottesdienst noch einmal zu feiern. Es waren wohl zusammen über 500 Leute, die den ersten evangelischen Gottesdienst feierten.
In Friesau ging es bescheidener zu. Da hatte der Pfarrer auch einige Monate später zu einem Lobgottesdienst eingeladen gemäß der neuen Lehre, und auch hier waren die Bänke gefüllt gewesen. Er hatte auch über Luther gesprochen, der die Kirche reformiert habe, und über neue Formen, wie man nun Gott loben solle. Zum Schluss hatte er den goldenen Kelch aus dem Tabernakel genommen und ihn mitten unter das Kreuz auf den Altar gestellt. Die Augen besonders der Alten in der Gemeinde begannen beim Anblick dieses heiligen Gerätes zu leuchten, einigen standen sogar Tränen in den Augen. Dann stellte er eine goldene Schale daneben, die mit einem weißen Tuch zugedeckt war. Als er es abnahm, sahen sie die heiligen Hostien. Vor Ehrfurcht standen sie auf und stimmten in den Lobpreis mit ein, der den Kirchenraum voll ausfüllte. Der Pfarrer nahm den Teller und schaute lange in die Gemeinde. Dann begann er die Einsetzungsworte zu sprechen, die Jesus schon damals bei seinem letzten Abendmahl gesagt hatte: „Dies ist mein Leib, der für euch gebrochen wird zur Vergebung der Sünden." Dann drehte er sich um und hielt den Kelch in den Händen, ihren Kelch. „Nehmt und trinkt alle daraus! Dieser Kelch ist das Neue Testament in meinem Blut ..." Sollten sie es wirklich tun, war das nicht das Vorrecht des Herrn Pfarrer und der anderen Geistlichkeit? Zaghaft kamen die ersten nach vorne. Einige machten noch aus Gewohnheit das Kreuzeszeichen, bevor sie die Hostie nahmen und dann aus dem Kelch einen Schluck Rotwein tranken. Und es störte sie nicht, dass sie alle aus diesem Kelch tranken. Sie fühlten sich dadurch noch mehr zusammengefügt zu einem Leib, dessen Haupt der Herr selbst war. So hatte es der Herr Pfarrer nach dem Abendmahl gesagt. Nun also waren auch sie „Protestanten". Voller Erwartung schauten sie in die Zukunft.

Friesau, 1630, Dorfplatz

Vielleicht wären sie nicht so schnell bereit gewesen, evangelisch zu werden, wenn sie geahnt hätten, was für schlimme Zeiten auf sie alle zukämen. Es ging ständig hin und her mit dem Glauben. Seitdem Bruder Martin damals die Reformation der Kirche verlangt hatte, gab es nur noch

unruhige Zeiten. Die Fürsten, Grafen und hohen Herren, katholische und protestantische, bekämpften sich gegenseitig, und manch einer aus dem einfachen Volk verstand die Welt nicht mehr: Immer wieder zogen Soldaten durchs Land, mal diese, dann wieder jene. Und alle verlangten Einquartierungen und Vorspanndienste, die die Gemeinden zu leisten hatten, wie auch in diesen Tagen.
Wieder fuhren Wagen ins Dorf, die Brot und Butter, Hühner, Hafer und andere Nahrungsmittel für das Kriegsvolk einsammelten. Immer wieder kamen Soldaten in den Ort und zechten auf Gemeindekosten: Männer, die bereits einige Kämpfe hinter sich hatten und nun die Ruhepause genossen. Jetzt waren es die Kaiserlichen, die der katholischen Kirche verbunden waren. Kurze Zeit darauf kamen wieder die Soldaten des Johann Casimir, der sich zusammen mit den evangelischen Fürsten auf die Seite Gustav Adolfs schlug im Kampf gegen Kaiser und Reich.
„Schwestern und Brüder in Christo, jetzt wird alles gut. Es sind die Unseren, die hier in Friesau Lager machen, Evangelische, Protestanten wie wir, unsere Glaubensbrüder." Es war eine freudige Stimmung bei allen zu spüren. Nun kamen hoffentlich bessere Zeiten auf sie zu, waren doch die letzten Jahre fast nicht zu ertragen gewesen. Nun warteten sie auf das Heer der Schweden, die bei der großen Schlacht bei Leipzig die Kaiserlichen unter Tilly besiegt hatten und die nun über Thüringen und Franken an den Rhein in den Süden unterwegs waren. Wenn sie einmal da waren, konnten die Friesauer hoffentlich wieder mit dem Aufbau beginnen.

Freudig vernahmen sie die Nachricht, dass König Gustav Adolf, der sein Heer selber anführte und den Protestanten zu Hilfe eilte, bereits, aus dem Süden kommend, durch den Thüringer Wald zog.
Johann Casimirs Soldaten jubelten, als sie die Trommler und Pfeifer hörten, die die Ankunft der neuen Truppe, nur ein kleiner Teil des großen schwedischen Heeres, in Friesau ankündigten. Dann sahen sie sie in ihren fremdartigen Uniformen und mit ihrer so ganz anderen Sprache. Sie hatten, genau wie die Kaiserlichen, ihre Frauen und vielen Kinder mitgebracht. Es war eine große Schar, die da in den Ort einmarschierte, viel zu groß für die wenigen Frisauer. Der Bürgermeister ging ihnen mit sorgenvollem Gesicht entgegen und begrüßte sie gebührend. Dass damit eine so lange Einquartierung beginnen würde, hatten sie alle nicht gedacht.

Friesau, 1643

Obwohl diese Gegend um Saalfeld nicht unbedingt ein besonderer militärischer Stützpunkt für die Evangelischen war, kehrten sie nach ihren Schlachten immer wieder, oft nach Monaten, hierher zurück. Lag es an der günstigen, waldreichen Gegend oder an der strategisch wichtigen Lage direkt neben der Heerstraße? Es waren zeitweise an die 200 000 Personen hier, die zusätzlich versorgt werden mussten. Infolge des Krieges waren bald sämtliche Äcker, Gärten und Obstplantage vernichtet. Die Gräben, Quellen und Wassergräben waren verseucht. Häuser, Stallungen und Scheunen, sogar die Gotteshäuser waren demoliert oder ganz zerstört. Auch der Ort Friesau kam einfach nicht zur Ruhe. Wirtschaftlich war er längst völlig ausgeblutet. Es gab kaum noch eine Ziege, eine Kuh oder ein Schwein. Immer wieder wurden von den Besatzern Forderungen gestellt, die nur mit sehr großen eigenen Verlusten einzulösen waren. Schon längst sprachen die Protestanten nicht mehr von ihren Glaubensbrüdern, wenn sie über ihr Verhältnis zu den schwedischen Soldaten sprachen.

„Wann wird dieses ganze Elend ein Ende haben?“ Schorsch war wieder einmal auf den kleinen Friedhof gekommen, um dort nach dem Rechten zu sehen. Er war froh, wenn er dem Küster etwas zur Hand gehen konnte. Sie waren beide inzwischen betagt und lebten nur noch von ihren Erinnerungen. Was hatten sie nicht alles schon gemeinsam hier erlebt!

„Kein Wunder, dass die Schweden sich so halten können“, meinte der Küster zu wissen. „Ich sprach mit einem, der erzählte, dass sie auf ein beweglich geführtes Gefecht setzten. Gute Waffen und eine verbesserte Waffentechnik, das ist ihr Geheimnis.“ Schorsch verstand davon viel zu wenig, als dass er groß hätte mitreden können. Der Küster aber wusste das alles. Er hatte sich schon viele Gedanken darüber gemacht. „Die Schweden haben die Anzahl der Pikeniere zugunsten der Musketiere reduziert. So sind sie beweglicher geworden. Und außerdem haben sie leichtere Gewehre mit Stützgabeln.“ Der Küster hatte sich richtig leidenschaftlich in das Gespräch reingesteigert.

„Hör auf, ich will von diesem ganzen Kriegszeug nichts hören“, unterbrach ihn Schorsch.

„Weißt du, dass wir für Königin Christine und ihre Soldaten beten sollten?“ Das war Schorsch neu.

„Ja, Generalmajor Axel Lilie hat kürzlich im Geistlichen Ministerium zu Leipzig verlangt, dass das bisher übliche Kirchengebet so verändert wird, dass auch für die schwedische Krone, für deren Generäle, Waffen und Vorhaben gebetet werden soll." Der Küster freute sich, dass er jetzt das Interesse seines Gesprächspartners geweckt hatte. „Er hatte es sogar mit handfesten Androhungen und Nötigungen versehen."
„Und?", wollte Schorsch, neugierig geworden, wissen. Er schaute sein Gegenüber fragend an.
„Seine Kurfürstliche Durchlaucht zu Sachsen hat das natürlich sofort verhindert und angeordnet, dass die Superintendenten ihre Herren Pfarrer von diesem Bescheid in Kenntnis zu setzen haben." Der Küster hatte es in einem vertraulichen Gespräch mit dem Pfarrer erfahren.
Eine betagte Frau kam in diesem Moment auf den Friedhof und steuerte direkt auf die beiden Männer zu. „Stimmt es, dass die Kaiserlichen in Saalburg sind? Dann sind sie auch bald wieder hier. Hört denn dieses Elend nicht bald mal auf?", wollte sie von ihnen wissen.
Natürlich hatte Schorsch gehört, dass bereits ein Großteil der Dorfbewohner einen Teil des Viehs und noch verbliebenen Vorrates in den nahen Wald gebracht hatte. Sie mussten ja auch sich und ihre Kinder irgendwie ernähren. Es war schwer genug in dieser Zeit, da auch das letzte bisschen Wohlstand des Landes völlig vernichtet war. Überall geschahen Raub und Plünderungen. Oft hörten sie von Morden. Es traute sich niemand mehr am Tag auf die Felder.
Sie erwarteten in ihren Erdhöhlen und Verstecken den Aufbruch der Soldaten. Im Raum Saalfeld lagen sich 50 000 Kaiserliche und 40 000 Schweden gegenüber. Auch sie waren rege. Es wurden Gräben gezogen, Unterstände gebaut und Geschütze in Stellung gebracht. Es gab ein Gemetzel, das die Bevölkerung rund um Saalfeld um die Hälfte reduzierte, abgesehen von den Soldaten, die in den Schlachten fielen. Längst war es nicht mehr ein Religionskrieg, sondern ein Ausspielen der Macht, und dies kostete einen unglaublichen Tribut. Die Kommune musste immer noch die großen Truppen versorgen durch Lieferungen von Lebensmitteln. Vorspann, Kriegsfuhren, Einquartierungen mussten geleistet werden. Immer wieder hörte man von Plünderungen. Es waren Schreckensjahre, die viele der Bewohner nicht überlebten.
Wieder kamen neue Heere übers Land, die isolanischen Kroaten. Rücksichtslos und brutal wüteten sie und verwüsteten alles, was ihnen in die Quere kam.

Friesau, 1644, vor dem Pfarrhaus

Sechs Wochen vor Weihnachten. Im ganzen Land zogen immer noch fremde Kohorten durch die Gegend. Niemand von den Einheimischen fühlte sich hier sicher. Erst neulich hatte man einen Jungen erschlagen im Wald gefunden, den Sohn der Witwe Niebuhr, die schon vor zwei Jahren ihren Mann hatte zur letzten Ruhe betten müssen. Niemand wusste, wie der Ärmste zu Tode gekommen war. Nun war die arme Frau alleine in ihrem Leid. Sicher waren es die Schweden gewesen, die schon viel zu lange in dieser Gegend hausten und mit aller Härte ihren Kriegssold einforderten. Woher sollten die armen Bauern nur diese Mengen an Lebensmitteln beschaffen? Meist blieb ihnen selbst nichts mehr zum Leben übrig, wenn die Fremden sich ihren Anteil mit Gewalt geholt haben. Richtig taten die es, die sich mit ihrem wenigen Vieh in die umliegenden Wälder verkrochen hatten. So hatten sie wenigstens das, was sie selber zum Leben brauchten. Aber nun stand der Winter vor der Tür, erbarmungslos und hart würde er wieder werden. Kaum zu glauben, dass in wenigen Wochen wieder das heilige Fest der Weihnacht sein sollte. Nichts war zu spüren vom „Frieden auf Erden und den Völkern seines Wohlgefallens“. Vielleicht war es bei dem Herrn Pfarrer anders. Er mochte diesen Frieden Gottes in sich empfinden, aber das einfache Volk hungerte und darbte und konnte nur davon träumen, dass es wieder einmal Frieden geben mochte, nach dem sie sich alle so sehr sehnten. An diesem Morgen war wenig davon zu spüren. Es hatte angefangen zu schneien. Für die Kinder war es eine willkommene Abwechslung, die Alten aber schauten sorgenvoll in die Zukunft. Der Winter wird für viele von ihnen zum Verhängnis werden.

Michael Buchenröder war vor das Pfarrhaus getreten und beobachtete das Treiben auf dem Marktplatz. Es waren mehr Menschen unterwegs als sonst. „Die kriegen heute Besuch!“ Erschrocken schaute der Pfarrer seinen Küster an. Er hatte ihn nicht kommen hören. „Ihr Hauptmann kommt heute her, um die Truppe zu inspizieren. Da ist Aufräumen angesagt.“ Tatsächlich waren die Frauen der Soldaten emsig dabei, die Wege vor den Häusern zu fegen. Einige laute unbekannte Wortfetzen waren zu hören. „Ist es dieser freundliche Oberst Graf Klingsström?“ Michael Buchenröder hatte ihn bereits kurz kennengelernt, als die ersten Soldaten mit ihren Familien hier aufkreuzten. Der Pfarrer erinnerte sich noch gut an ihr Gespräch. Er hatte mit Sorgen von den schweren Plünderungen der schwedischen Truppen in Brandenburg erfahren und war in Sorge. Hoffentlich würde sich dies hier nicht wiederholen. Er hatte schließlich das Wort des Hauptmanns.

Wenige Stunden später war der Marktplatz nicht wiederzuerkennen. Wo man hinschaute, standen die Soldaten mit ihren Familien herum und warteten. Dann endlich kam Bewegung in die Menge. Eine Gasse wurde gebildet. Soldaten drängten die gaffenden Leute zur Seite. Auf einem hellbraunen Wallach, eskortiert von zwei weiteren Reitern erschien Oberst Graf Klingström. Inzwischen hatten sich auch neugierige Friesauer unter die Gaffer gemischt, auch Michael Buchenröder stand mit seiner Frau Sibylla und Sohn Eberhard in der jubelnden Masse. Klingström schien bei den Schweden beliebt zu sein. Immer lauter wurden die Rufe und verhinderten so, dass der Oberst auch nur ein Wort sagen konnte. Er hob beschwichtigend seine Hand. Was dann passierte konnte niemand mehr so richtig berichten. Ella, eine betagte Witwe hatte auf ihrem Hof ein kleines Ferkel versteckt, das nun vom Krach erschrocken durch das halboffene Brettertor raste, direkt auf den Wallach des Oberst zu. Das Pferd, erschrocken über dieses quickender Etwas, ging in die Höhe. Der Hauptmann hatte die Zügel locker gelassen und reagierte zu spät. Im nächsten Monent warf ihn der Wallach ab. Ein Aufschrei des Entsetzens löste den Jubel ab. Das Ferkel war längst wieder verschwunden. Wie gelähmt schauten alle auf den am Boden liegenden Oberst.
„Los wir müssen hin!“ Sibylla hatte den Pfarrer am Arm gepackt und ihn mitgezogen. Langsam löste sich die Starre auch bei den umstehenden Soldaten. Wenig später lag Oberst Graf Klingström im Pfarrhaus und wartete auf seinen Sanitäter.

Es dauerte Wochen, bis er wieder reisefähig war, eine Zeit, in der er die Gastfreundschaft des Pfarrers und dessen Familie sichtlich genoss. Fast schien es, dass er in dieser Zeit einwenig sein Zuhause fühlte und den Krieg vergessen konnte. Besonders für Eberhard, den Sohn des Pfarrers, war diese Zeit spannend. Oberst Graf Klingsström erzählte ihnen von seinen großen Länderein in Schweden, von den weiten dunklen Wäldern, den Elchen und Bären und den freundlichen Menschen, die nun auch, genau wie die Menschen in Friesau unter dem Krieg zu leiden hatten.

„Glaub mir, Eberhard, der Krieg ist nicht schön. Alle Menschen sehnen sich nach Frieden".
Vielleicht war der heutige Tag ja ein Anfang.
Es war ein nebliger Tag mit leichtem Nieselregen. Besorgt schauten die Friesauer auf den Dorfplatz, wo seit einiger Zeit merkwürdige Hektik zu beobachten war. Die letzten schwedischen Soldaten wurden zusammengezogen und erschienen mit Kind und Kegel und dem wenigen Gepäck, das die Frauen in Tücher gewickelt mit sich trugen. Erst jetzt wurde es den Dorfbewohnern wieder neu bewusst, wie viele hungrige Mäuler sie in den zurückliegenden vielen Monaten zu versorgen hatten. Aber nun war es ja,
dem Herrn sei Lob und Dank, vorbei.
Auch Michael Buchenröder stand mit seiner Frau und dem Sohn Eberhard hinter dem Fenster und schaute dem Treiben zu. Der Hauptmann hatte ihnen früh am Morgen Bescheid gegeben, dass die Truppen weiterzögen. Er hatte ihnen sogar einen Schutzbrief für den Ort gegeben für den Fall, dass noch einmal schwedische Soldaten hierherkommen würden.
In Dreierreihen stellten sich die Soldaten auf. Am Straßenrand standen die Frauen mit ihren Kindern und warteten ebenso auf den Abmarsch.
„Wie kann man nur so leben?" Die Pfarrfrau schaute mitleidig auf die Familien.
Mit einem Trommelwirbel setzten die Trommler an der Spitze des Zuges ein. Es hörte sich schmissig und zugleich beängstigend an. Langsam lockerte sich der Trupp auf, als die ersten Soldaten im Gleichschritt vorangingen.
Michael Buchenröder ging als Erster zufrieden zurück in sein Haus. Er wollte sich sofort an seine Predigt für den kommenden Sonntag machen. Es würde ein Lob- und Preisgottesdienst sein, in dem er die Barmherzigkeit und Größe Gottes bezeugen wollte. Andreas hatte sich neben Müllers Schorsch gestellt, der vor Aufregung von einem Bein auf das andere trat.
„Endlich ist das alles vorbei!"
Auch die letzten Soldaten machten sich bereit, sich dem Zug anzuschließen. Einer von ihnen blickte sich suchend nach allen Seiten um, als würde er jemanden vermissen. In diesem Moment ging die alte Kirchentür auf, und ein Soldat mit leuchtend roten Haaren und einem auffallend dicken Bauch erschien, hastig um sich blickend, und war

bemüht, sich der Kolonne anzuschließen. Sein Mitstreiter sprach aufgeregt auf ihn ein.
Schorsch stieß Andreas in die Seite und grinste breit. „Er hat wohl noch einiges dem Herrgott sagen müssen, bevor es weitergeht.“ Fast konnte man glauben, er habe etwas zu verbergen. Mit einer Hand hielt er seinen Reisebeutel über den Bauch, während er über den Dorfplatz hin zu seinen Kameraden stolperte.
Langsam wurde es still auf dem Dorfplatz. Alle gingen mit neuer Hoffnung zurück in die Häuser. Jetzt galt es, die Spuren dieser Belagerung zu beseitigen.
Michael Buchenröder saß inzwischen in seinem Studierzimmer meditierend über seinem Predigttext für den kommenden Sonntag. Es waren die beiden ersten Verse des 121. Psalms, über den der Pfarrer schon oft gepredigt hatte: „Ich hebe meine Augen auf zu den Bergen, von welchen mir Hilfe kommt. Meine Hilfe kommt von dem Herrn, der Himmel und Erde gemacht hat.“ Er las den Text immer wieder halblaut vor sich hin. Er hatte sich die Urfassung im Hebräischen angesehen. Warum nur hatte der Text sich jetzt so verschlossen? Warum zeigte er nicht wie sonst seine ganze Fülle an hilfreichen Gedanken? Dass die Berge Sinnbild alles Festen und Beständigen sind, wusste der Pfarrer, auch, dass Hilfe oft alleine von Gott kommen kann. Wie aber sollte er das jetzt aktualisieren, ohne dass es flach und zu pathetisch wirkte? Ja, die Friesauer sollten merken, dass sie es Gott zu verdanken hatten, dass sie nun wieder frei waren, aber wie konnte er es ihnen überzeugend sagen? Die Disposition stimmte, und auch der obligatorische Dreierschritt einer guten Predigt war im Konzept vorhanden. Dennoch hatte der Pfarrer das Gefühl, längst nicht mit seinen Vorbereitungen fertig zu sein. Entschlossen legte er den Federhalter zurück auf die Ablage. Er wollte sich sputen, die Familie würde bestimmt schon mit dem Abendessen auf ihn warten.
„Dieser Graf Klingström hat noch einmal an Euch einen lieben Gruß ausrichten lassen. Er bedankt sich nochmals ausdrücklich für Eure Fürsorge, Frau Mutter.“ Der Pfarrer erinnerte sich, gesehen zu haben, wie der Offizier seinen Sohn noch einmal zur Seite genommen hatte. Gut nur, dass er dem Jungen die Flausen ausgeredet hatte, als sein Stallbursche mit in den Krieg zu ziehen. „Er hat mir einen besonderen Wunsch erfüllen wollen, doch ich dankte. Was sollte ich mir wünschen? Was ich gern hätte, kann er niemals erfüllen“, berichtete der Sohn.

Der Pfarrer blickte interessiert den Jungen an, ohne die entscheidende Frage zu stellen. Woran mochte der Junge gedacht haben?
Noch ehe die Mutter nachfragen konnte, löste der Junge selbst das Geheimnis: „Ich wünschte mir, dass er wieder heil und gesund zu seiner Familie zurückkehren würde; dorthin, wo seine Familie glücklich lebt, von der er mir so viel erzählt hat. Es muss ein wunderbares Land sein. Doch diesen Wunsch kann nur der Allmächtige erfüllen."
Alle drei blickten auf den Teller vor ihnen, auf dem nur ein karges Essen vorhanden war.

Friesau, 3. Advent

Schon bevor der Morgen mit den ersten Sonnenstrahlen anbrach, erhob sich der Pfarrer aus seinem Bett, zog sich den Morgenmantel über und verschwand im Studierzimmer. Es waren ihm während des Einschlafens wichtige Gedanken für seine Predigt gekommen: Er wollte seinen Zuhörern verdeutlichen, wie wichtig es nun auch wieder sei, dass sie alle ihre Zukunft in die Hand nähmen. Hatte der Allmächtige sie aus dem Elend geführt, so erwartete er nun, dass sie aus dieser erneuten Chance etwas machten. Er hatte an Müllers Schorsch gedacht, der in letzter Zeit recht mutlos geworden war. Auch wenn seine körperlichen Kräfte nachgelassen hatten, so musste ihm wieder Mut zugesprochen werden. Schnell nahm der Pfarrer die Schreibfeder, tauchte sie in das Tintenfass und formulierte seine Gedanken neu. Es war kalt im Raum. Er musste zusehen, dass er nicht eine Erkältung bekam.
Er konnte nicht sagen, wie lange er am Schreibpult gestanden hatte, als ein leises Klopfen von der Tür her an sein Ohr drang. „Herr Vater, das Frühstück ist gerichtet."
Eberhard hatte die Tür nur einen winzigen Spaltbreit geöffnet.
Draußen war der Küster bereits mit dem ersten Läuten befasst, eine Stunde vor dem Gottesdienstbeginn. Die Glocke schlug unregelmäßig an und musste erst in den Rhythmus kommen. Sie mussten sich sputen.

Es begann der Sonntag mit herrlichem Sonnenschein über schneebedeckten Tälern. „Machet die Tore weit und die Türen in der Welt hoch, dass der König der Ehren einziehe", rezitierte der Pfarrer seinen Predigttext beim Eintreten in das Gotteshaus. Noch war die Kirche kalt,

aber bald, wenn die Bänke bis auf die letzten Plätze besetzt wären, würde es erträglich.
Der Küster erschien in diesem Moment. Er klopfte sich den Schnee von seiner Joppe und stampfte noch einige Male auf den harten Stein, um auch die Filzstiefel schneefrei zu bekommen. „Einen gesegneten Sonntag, Herr Pfarrer!“, murmelte er leise vor sich hin, gerade so laut, dass Michael Buchenröder es vernehmen konnte. Gemächlich schlurfte er um den Altar herum zum Tabernakel, um das heilige Abendmahlsgerät für das Mahl des Herrn vorzubereiten, als er die sonst stets verschlossene Tür noch einen Spaltbreit offen sah. Pfarrer Buchenröder hatte also bereits das Gerät herausgeholt. Leicht verärgert über die Ungeduld des Pfarrers, ging er zurück zum Altar und breitete die weiße, mit wunderschönen Symbolstickereien versehene Leinendecke aus. Als er sich nach den Geräten umschaute, erblickte er den Pfarrer, der noch sein Predigtkonzept studierte. Nein, er wollte ihn dabei nicht stören, doch brauchte er nun das Gerät. Leise hüstelte er, bis Martin Buchenröder auf ihn aufmerksam wurde. „Was ist?“, wollte der wissen.
„Ich müsste die Geräte haben, Herr Pfarrer.“ Buchenröder verstand nicht. „Wo habt Ihr den Kelch hingestellt?“ In diesem Moment betraten die ersten Gottesdienstbesucher das Gotteshaus.
„Der steht dort, wo er immer steht.“
Wieder schlurfte der Küster zurück und öffnete die kleine, reich verzierte Tabernakeltür. Die Karaffe und der Hostienteller waren da, aber der Kelch fehlte. Nun schaute er sich das Schloss an und bemerkte, dass jemand die Tür gewaltsam geöffnet haben musste. Wo war der Kelch? „Herr Pfarrer, kommt Ihr mal bitte?“

Wenig später standen die Männer aufgeregt und ratlos vor dem aufgebrochenen Tabernakel. Was sollten sie jetzt nur unternehmen? Sie durften keinesfalls voreilige Schlüsse ziehen und mussten verhindern, dass irgendjemand vor dem Gottesdienst etwas davon mitbekam, sonst würde die ganze Andacht dahin sein. Es könnte ja sein, dass wieder jemand aus Angst vor den Schweden das heilige Gerät in Sicherheit gebracht hatte wie damals, als die aufgebrachten Bauern die Kirchen geplündert hatten. Mochte Gott geben, dass es dieses Mal auch so war! Jetzt fiel es dem Pfarrer besonders schwer, von Lob und Dank zu sprechen. Er sah die glücklichen Gesichter seiner Gemeindemitglieder und wollte ihnen doch die Adventsfreude nicht nehmen. Dann kam in der

Liturgie die Stelle, an der die Einsetzungsworte des Herrn gesprochen wurden. Buchenröder nahm den alten Kelch, den der Dieb im Tabernakel belassen hatte, und hielt ihn in die Höhe. „Nehmet und trinket alle daraus", sprach er mit zitternder Stimme. „Dieser Kelch ist der neue Bund, den Christus mit uns geschlossen hat." Er wusste, dass er den biblischen Text nicht richtig zitierte. Seine Gedanken waren immer noch zu sehr mit dem anderen Kelch beschäftigt. Hoffentlich sahen die Gottesdienstbesucher nicht gleich, dass es das alte Abendmahlsgerät war! Was spielte er jetzt nur für ein entsetzliches Spiel? Er redete von Freude und war selbst tief betrübt und entsetzlich aufgeregt.
Sibylla Buchenröder hatte dies längst bemerkt und schaute besorgt auf ihren Mann, der in seinem Gesicht auffallend bleich ausschaute, als hätte er den Leibhaftigen gesehen.
„Was ist nur heute mit unserem Herrn Pfarrer los, dass er sogar die heiligen Kelche verwechselt hat?", tuschelte jemand hinter ihr.
Nun sah sie es auch und konnte sich das überhaupt nicht erklären. Sie konnte kaum abwarten, bis der letzte Gottesdienstbesucher gegangen war, und stürmte sofort auf ihren Mann zu. „Was ist mit dir los, Michael?" Sie merkte das leise Zittern im Körper ihres Mannes.
„Der Kelch ist verschwunden, Sibylla", stammelte er und begann dabei fast zu schluchzen. „Wer hat nur diesen Frevel begangen?"
Auch der Küster stand wie verprügelt da und wusste nicht, wie er reagieren sollte. „Es können nur die Schweden gewesen sein", brach es aus ihm heraus. „Dann bekommen wir ihn auch nicht wieder. Es ist Krieg, und da wäre es nicht das erste Mal, dass kostbare Dinge geraubt werden."
Michael wusste das, er wusste aber auch, dass auf Kirchenraub hohe Strafen bei den Soldaten standen. Trotzdem wurde geraubt und geplündert. Dennoch hatten diese Horden, die sich gleichwohl Christen und Protestanten nannten, keine Ehrfurcht vor dem Herrn und seinem Eigentum. Er verstand es nicht. Völlig verzweifelt verließ der Pfarrer die Kirche und zog sich in sein Amtszimmer zurück. Jeder wusste, dass er hier nicht gestört werden wollte.
Hier sank er kniend auf seine Gebetsbank nieder und klagte Gott sein Leid.
Eberhard war zur Mutter in die Küche gegangen, um nach dem ausbleibenden Mittagessen zu sehen, und erfuhr so von dem Raub. Sofort fiel ihm der Soldat ein, der als Letzter aus der Kirche gekommen war. Hatte er nicht krampfhaft sein Gepäck an sich gepresst? War da vielleicht der

Kelch drin gewesen? Ganz sicher war er das. Das musste er dem Vater sofort sagen. So stürmte er ins Amtszimmer, wohl wissend, dass der Vater darüber nicht erfreut reagieren würde. „Herr Vater, ich habe beobachtet, als die schwedischen Soldaten abzogen, dass einer von ihnen ganz zum Schluss aus der Kirche kam und etwas vor sich verbarg."
Der Vater blickte müde von seinem Gebet auf. „Dann ist alles verloren. Geh, mein Junge, lass mich allein." Bald ging die Nachricht in Friesau von Haus zu Haus, dass der neue Kelch geraubt worden sei, und eine große Traurigkeit machte sich breit.

Edelhof in Remptendorf, Heiliger Abend

Es kam nicht oft vor, dass Eberhard sich mit seinem Freund Heinz aus Remptendorf traf. Sie hatten sich dann immer viel zu erzählen. Die beiden Jungs kannten sich schon viele Jahre. Eberhard war völlig durchnässt dort angekommen und nahm gern das Angebot an, die Kleidung inzwischen vor dem Herd in der Küche trocknen zu lassen. Währenddessen ging er zu Heinz, der dabei war, die allerletzten Vorbereitungen für das Weihnachtsfest zu treffen.
Heute Abend nach Einbruch der Dunkelheit begann es. Da kamen die Dorfbewohner aus allen Richtungen zur Kirche, in den Händen trugen sie Laternen. Wer selber kein Geld für eine Kerze zum Beleuchten hatte, schloss sich einfach einer anderen Familie an. Frohgelaunt wollte man die Sorgen des Alltags vergessen und sich wie jedes Jahr über die Geburt des Heilandes erfreuen. Wäre er nicht geboren worden, wäre es in ihren Herzen trostlos und traurig. Das hatte ihnen ihr Pfarrer am letzten Sonntag erklärt, um so die nötige Weihnachtsfreude zu begründen, die sich angesichts des jahrzehntelang erlittenen Leides nicht so recht einstellen wollte. Noch blieb Zeit bis zum Abend.
Heinz zeigte seinem Freund, was er den Eltern als Geschenk gebastelt hatte.
„Sag, stimmt das, dass man euch den kostbaren Kelch gestohlen hat?"
Eberhard war über diese Frage erschrocken. Sie brachte wieder seine größte Sorge ins Gespräch; dabei war er bemüht, diese ganze tragische Geschichte wenigstens jetzt zu verdrängen. Reichte es nicht, dass der Herr Vater seit dem Raub krank war, in der Seele krank? Nie wieder würde es wie früher sein. Ein tiefer Seufzer entsprang der Brust des Jungen. „Ja,

es ist wahr, es ist nicht zu verstehen, wo wir doch die Schweden als gute Christen erlebt haben, einige wenigstens."

„Du denkst an den Grafen Klingström, jenen Oberst, von dem du mir schon einiges erzählt hast?" Eberhard nickte. „Ja, ich glaube nicht, dass er es zugelassen hätte. Wenn der es wüsste, dann wäre auch er zutiefst betroffen."

„Und warum sagst du es ihm nicht?"

Wie sollte Eberhard diese Frage jetzt verstehen? Die Schweden waren inzwischen über zwei Wochen unterwegs, sicher waren sie bereits kurz vor Leipzig oder München oder sonst irgendwo. „Du machst mir Spaß! Wo wollte ich ihn suchen?" Heinz legte das Geschenk zur Seite. „Na, das ist doch das Einfachste. Weißt du nicht, dass sie immer noch auf Schloss Burgk sind?"

„Was?" Eberhard war selbst erschrocken über die Lautstärke seiner Frage. „Wo sind die? Nein, das kann nicht sein. Die wollten nach Saalfeld und dann gleich noch weiter. Woher weißt du das?" Eberhard war auf einmal wie verwandelt. Aber das würde bedeuten, dass er doch noch etwas unternehmen konnte. Ja, er wollte, wenn das alles stimmte, zum Oberst gehen und ihm alles berichten. Vielleicht gab es ja doch noch Hoffnung, den Kelch wiederzubekommen. „Da muss ich hin. Ich muss mit dem Grafen sprechen, muss ihm von unserem Leid erzählen. Du weißt, dass mein Oheim dort als Koch arbeitet. Ich werde ihn besuchen – jetzt, sofort. Du bist mir nicht gram, wenn ich deine Gastfreundschaft weiter nicht mehr in Anspruch nehme?"

Heinz lächelte. „Wie sollte ich, mein Freund? Wenn es dir angenehm ist, komme ich sogar mit."

Schnell rannten die beiden Jungs in die Küche, Heinz wollte seiner Mutter Bescheid geben und einige Kleidungsstücke aus seiner Kammer für Eberhard mitbringen. Natürlich waren seine Sachen in der kurzen Zeit nicht trocken geworden. Warum nur hatte Eberhard nichts davon gewusst, dass die Schweden sich dort niedergelassen hatten? Wie konnte das nur verschwiegen worden sein? Es lagen doch nur knapp 15 Kilometer Weg zwischen den Orten!

Inzwischen hatte der Regen aufgehört, aber die Wege waren matschig und glatt. Schade, dass es nicht schneite! Das wäre ein richtiges Weihnachtsfest, wenn sich der Schnee auf den Bäumen und Dächern der Hütten niederließe und alles Grau zudeckte. Jetzt hingegen sah man den

ganzen Schmutz rings umher. Auch hier waren Spuren des Durchmarsches der schwedischen Soldaten nicht zu übersehen. Einige Hütten waren niedergebrannt, Felder und Wälder verwüstet. Die beiden Jungs beeilten sich, schnell voranzukommen. Sie wollten doch rechtzeitig am Abend, noch vor Einbruch der Dunkelheit, zurück sein.
Schon von Weitem sahen sie Schloss Burgk. Eigentlich hatte dieses Bauwerk nicht verdient, als Schloss bezeichnet zu werden. Es war eher eine bescheidene Festung, eine Wehrburg für den Grafen Reuß. Eberhard war schon einige Male dort gewesen – bei seinem Oheim Weidhas in der Küche. Es hatte ihn immer fasziniert, am offenen Kamin in der Mitte der Küche zu stehen, dessen dicker, verräucherter Schacht nach oben führte. An den Wänden hingen die verschiedensten Küchengeräte, Töpfe und Pfannen. Die schmackhaftesten Speisen wurden hier zubereitet, Fasane in speziellen Soßen, schmackhafter Rotkohl, wie es den sonst nirgends gab. Einmal hatte er bei einem Besuch dort essen können, natürlich in der Küche.
Die Zugbrücke war heruntergelassen. Am Eingang standen zwei schwedische Soldaten, die den Jungen den Weg versperrten. Was sollten sie jetzt als Grund ihres Eindringens angeben? Sagten sie, dass sie zum Herrn Oberst wollten, dann würden die Männer sie auslachen und alles als Lausbubenstreich abtun. Wer waren sie, dass sie zum Grafen Klingström wollten? Eberhard erzählte ihnen deshalb, dass sie unbedingt zum Koch müssten, der würde auf sie warten, schon lange, sie sollten eine Bestellung aufnehmen, die noch am selben Tag geliefert werden müsste. Wenn sie es nicht schaffen würden, dann gäbe es ganz sicher auch für die Soldaten kein gutes Weihnachtsessen. Das schien die beiden einfachen Soldaten zu überzeugen. Sie ließen die Jungs passieren. So gingen sie auch schnurstracks über den mit runden Steinen gepflasterten Hof in Richtung Küche. Zögernd öffnete Eberhard die Tür.
Der Oheim, der mit einem riesigen Topf über dem offenen Feuer beschäftigt war, staunte nicht schlecht, als er Eberhard erkannte: „Was machst denn du hier, Junge?“ Er hörte sich geduldig die ganze Geschichte an und machte eine besorgte Miene, während er den Inhalt des Kochtopfes emsig umrührte. „Du wirst es nicht schaffen, zum Oberst durchzukommen. Er ist zu sehr abgeschirmt.“
„Aber ich muss es versuchen“, kam es trotzig zurück.
„Gut, er ist im Festsaal. Du weißt, wo der ist?“ Offensichtlich wollte der Oheim die beiden Jungen einfach mal machen lassen.

Natürlich kamen sie nicht weit. Als sie den Aufgang zum Festsaal betreten wollten, standen sofort Soldaten vor ihnen und versperrten ihnen den Weg. Sie lachten und amüsierten sich mächtig, als sie das Ansinnen hörten. „Ihr glaubt doch nicht, dass wir jeden zum Oberst vorlassen. Ihr könntet doch Spione sein oder Meuchelmörder." Wieder lachten sie laut los, als hätten sie einen Witz erzählt. „Macht, dass ihr fortkommt, bevor wir euch Beine machen!" Einer der Soldaten gab Eberhard einen solchen Stoß auf die Brust, dass er taumelnd zur Seite stolperte. „Nun schert euch endlich!"

Ratlos standen die beiden Jungen wenig später wieder in der Küche. Was sollten sie nur tun?
„Einen kleinen Moment mal, Jungs." Der Koch nahm sich eine Schüssel, legte ein Tuch darüber und verschwand in der Tür. Er hatte freien Zugang zum Festsaal. Niemand sah, dass die Schüssel leer war. So stand er wenig später hinter dem Oberst, der ihn erstaunt fragend ansah. Es kam selten vor, dass der Koch zu ihm kam. So konnte der Koch dem Oberst von seinem Neffen erzählen, der immer noch ratlos in der Küche herumstand.
„Ich will den Jungen sehen, bringt ihn her!", wies er seinen Adjutanten Larsson an, der sich auch gleich auf den Weg in die Küche machte.
Als Eberhard wenig später in den festlichen Speisesaal trat, verschlug es ihm fast den Atem. Diesen Raum hatte er noch nie betreten dürfen. Schade, dass Heinz nicht mitkommen durfte! Der wartete voller Ungeduld in der Küche auf seinen Freund. Die dicken halbrunden Fensterleibungen ließen wenig Licht in den Raum. Er hatte sich ans Butzenfenster gestellt und konnte durch das trübe Glas nur ganz unscharf die Krümmung der Saale sehen, die sich gemächlich im Tal entlangschlängelte. Eberhard dagegen blickte in einen festlichen Raum, dessen Wände mit den modernsten bemalten Tapeten bespannt waren, auf denen ganze Geschichten erzählt wurden. Die Decke war weiß gestrichen und mit elfenbeinfarbenen Schmuckwerk verfeinert. In der Mitte hing ein großer Kronleuchter mit Wachskerzen, üppig mit Glasschmuck behangen. Das Licht der Kerzen spiegelte sich darin wider. Ein langer breiter Tisch stand in der Mitte des Raumes. Auf den verschnörkelten und mit rotem Samt überzogenen Stühlen saßen die schwedischen Offiziere, die Oberst Graf Klingström um sich versammelt hatte. Sie lachten und waren in bester Stimmung. Auf dem Tisch standen Krüge mit schwerem Wein und einige

Schalen Obst. Eberhard blieb erstarrt in der Tür stehen. Einen solchen Prunk hatte er noch nie gesehen. Sofort erhob sich der Graf und kam auf ihn zu. „Mein Junge, schön, dich wiederzusehen! Wie geht es dir? Was machen die Frau Mutter und der Herr Vater?“ Er hatte seinen Arm über Eberhards Schultern gelegt. Es störte ihn nicht, dass einige Herren Offiziere missmutig diese freundschaftliche Geste beobachteten.
„Herr Graf, ich komme wegen meines Herrn Vater. Es geht ihm schlecht, seitdem der kostbare Kelch aus der Kirche geraubt worden ist.“ Ausführlich erzählte er seine Vermutung und bemerkte zunehmend die Erregung im Gesicht des Schweden.
„Wenn das so ist, dann gehen wir der Sache jetzt auf den Grund. Nein, wir dulden nicht, dass sich an den Geräten des Herrn vergriffen wird, auch nicht in Kriegszeiten.“ Er blickte sich nach seinem Adjutanten um. „Larsson, lasst die Kompanie auf der Stelle im Hof antreten!“
Verwundert blickten die anderen Offiziere auf. Doch es war nicht ihre Sache, nach den Gründen solcher Befehle zu fragen.

Wenige Augenblicke später war lautes Feldtrommeln im Hof zu hören, so laut, dass man es auch in den entferntesten Ecken der Schlossanlage hören musste. Jedermann wusste, dass dieses Signal Alarm bedeutete. Sofort rannten alle in den Hof und stellten sich dort in Reih und Glied auf, darauf wartend, dass ihnen weitere Befehle erteilt würden. Graf Klingström persönlich stellte sich vor seine Soldaten und gab den Befehl, jeden einzelnen von ihnen an Ort und Stelle zu durchsuchen. Mit versteinertem Gesicht ließen sie es an sich geschehen, obwohl sie den Grund dafür nicht kannten. Inzwischen war auch Eberhard in den Hof getreten. Er hatte sich an die Mauer nahe dem Tor gestellt und versuchte den Soldaten zu erkennen, den er aus der Kirche hatte herauseilen sehen. Plötzlich kam jemand ohne Uniform an ihm vorbei. Fast hätte er ihn umgerissen und versuchte durch das Tor zu entkommen. Die Soldaten aber hatten Befehl, niemanden herein- oder herauszulassen. Es begann am Tor ein lautes Gezeter. Der Mann wollte sich nicht daran hindern lassen zu gehen. Graf Klingström wurde sogleich auch auf ihn aufmerksam und gab den Befehl, auch sein Gepäck zu durchsuchen. Zum großen Erstaunen holte einer der Soldaten neben einigen goldenen und silbernen Trinkgeräten auch einen glänzenden goldenen Kelch aus dem Gepäck. Eberhard hatte ihn sofort erkannt: Es war der Abendmahlskelch aus Friesau. Auch dem Oberst war dieses Prunkstück sofort aufgefallen. „Woher habt Ihr ihn?“, wollte er wissen. Um seine Haut zu retten, erzählte er, dass er diesen Kelch von einem Soldaten gekauft hätte, und er wisse nicht, woher er sei. Einen ganzen Gulden hätte er dafür bezahlt.

Der Oberst war entsetzt über diesen Handel. Inzwischen war eine beängstignde Ruhe bei den Soldaten eingekehrt. „Wer war dieser Soldat?", wollte der Oberst sofort wissen.
Eberhard hatte ihn inzwischen erkannt. Er stand mit seinen roten Haaren in der zweiten Reihe und versuchte sich hinter den anderen zu verstecken. Es half ihm nichts. Er musste vortreten.
„Nach Recht und Gesetz stehen auf solchen Frevel die härtesten Strafen, und deshalb ordne ich an, dass beide Männer, der Dieb und der Hehler, des Todes durch den Strang sind."
Sofort fingen beide an zu heulen und zu wehklagen. Von ihren Familien jammerten sie, von den kleinen Kindern, die dann ohne Vater wären, und flehten um Gnade.
Graf Klingström ließ sich davon nicht beeindrucken. „In einer Stunde wird exekutiert!", befahl er mit harter Stimme. „Man richte die Galgen her!" Als wäre dies nichts Besonderes, wandte sich der Graf wieder seinem jungen Gast zu. Eberhard aber zitterte am ganzen Körper. Einerseits war er überglücklich, den Kelch wieder in den Händen zu halten, andererseits hörte er aber immer noch das Wehklagen und Schreien der beiden Verurteilten. Hatten sie ihre Taten bereut? Gab es nicht eine andere Möglichkeit, sie zu bestrafen, als den Tod? „Herr Graf, Ihr hattet mir gesagt, ich könne zu Euch kommen, wenn ich einen Wunsch hätte. Es ist nun so. Ich habe einen Wunsch."
Der Oberst schaute den Jungen an. Richtig, er hatte ihm dieses Angebot gemacht und ihm auch versprochen, diesen Wunsch dann auch, wenn es in seiner Macht lag, tatsächlich zu erfüllen.
„Dann bitte ich Euch, diese beiden Halunken am Leben zu lassen. Soll nun das Blut dieser beiden Halunken an das heilige Gerät kommen? Ich möchte nicht mehr am Tisch des Herrn aus diesem Kelch trinken, wenn ich weiß, dass menschliches Blut daran klebt. Und ist nicht gerade für diese der Heiland am Kreuz gestorben, damit sie Gnade und Barmherzigkeit erlangen? Wenn sie ihre Tat bereuen, sollte man ihnen dann nicht das Leben lassen?"
Dem Grafen gingen diese Worte sehr nahe, vor allem auch, weil sie von einem so jungen Menschen gesprochen worden waren. Woher hatte er

nur diesen Glauben und diese Klarheit in seinen Gedanken? Graf Klingström war zutiefst beeindruckt. Er konnte sich dem doch nicht verwehren.
Als er nach einer Stunde wieder in den Hof trat, staunten die Soldaten nicht schlecht, als er Befehl gab, die beiden Verurteilten über einen Bock zu binden und sie auszupeitschen. 50 Hiebe bekamen sie, zeitweise sogar des Bewusstseins beraubt. Sie schrien und konnten nicht verstehen, warum sie doppelt bestraft wurden. Erst als man sie vom Stock losband und ihnen offenbarte, dass sie begnadigt seien, kam die große Erlösung für sie. Sie weinten vor Freude trotz der Schmerzen über das Leben, das sie neu bekommen hatten.
Eberhard hielt den Kelch ganz fest in seinen Händen, als er zu Heinz in die Küche ging. Der Oheim hatte ihnen einwenig Wegzehrung mitgegeben, und auch Graf Klingström hatte sie noch einmal zu sich gebeten. Er wollte, dass der Junge mit dem Kelch auch wirklich gut in Friesau ankam. Deshalb gab er ihm zwei Soldaten zur Seite. Jetzt konnten sie sich auf den Weg zurück machen. Es wurde auch Zeit, denn die Sonne war bereits untergegangen. Sie mussten sich sputen, wenn sie noch vor der Christvesper zu Hause sein wollten. Unterwegs gabelten sich ihre Wege, und die beiden Freunde trennten sich mit guten Wünschen für das bevorstehende Weihnachtsfest.

Friesau, 1644, Pfarrhaus, am Heiligen Abend

Pfarrer Buchenröder war darüber ungehalten, dass sein Sprössling nicht pünktlich zurück war. Er wusste doch, dass die Vesper gleich beginnen würde! Draußen begann es bereits dunkel zu werden.
„Der Junge wird schon noch vorher kommen“, versuchte Sibylla ihren Mann zu beruhigen. Draußen begann es zu schneien, eine wunderschöne Weihnachtslandschaft begann sich zu gestalten. Der Küster hatte mit dem Vorläuten begonnen. Jedermann wusste, dass der Gottesdienst in einer Stunde beginnen würde. Eberhard hatte versprochen, pünktlich zu sein.
Endlich betrat jemand den inzwischen dunklen Flur. Als Sibylla das Licht einschaltete, um den Jungen zu begrüßen, stand sie plötzlich zwei schwedischen Soldaten gegenüber. Erschrocken wich sie zurück. Nun aber sah sie auch ihren Eberhard.
„Was ist los, mein Junge, warum wurdest du eskortiert?“

Auch Michael Buchenröder war inzwischen in den Flur getreten und erwartete eine Erklärung.
„Es ist nichts weiter, Herr Vater, jedenfalls nichts Schlimmes." Das fröhliche Lachen des Jungen ließ die Eltern sich ein wenig entspannen.
„Dem Herrn sei Dank!", entwich es der Mutter. „Doch was soll das alles?"
„Ich erkläre es Euch gleich alles, doch entlasst erst einmal diese beiden wackeren Soldaten, die mich hierher begleitet haben!" Er bedankte sich und begleitete sie zur Tür.
„Eberhard, nun sag uns endlich, was geschehen ist!", setzte der Vater erneut ein.
Der Junge aber ging stolz an den Eltern vorbei ins Wohnzimmer. „Hier, Herr Vater, ich hab Euch was mitgebracht. Ratet einmal, was wohl in diesem Gewand versteckt ist!"
„Wie soll ich das erraten, es kann alles sein, alles oder auch nichts. Nun mach es doch bitte nicht so spannend, Eberhard, die Christvesper beginnt bald! Wir müssen uns beeilen."
Eberhard überreichte das eingewickelte Etwas seinem Vater und freute sich auf dessen Gesicht, wenn er den Kelch sähe.
Fast hätte der Pfarrer das kostbare Gerät vor Schreck fallen lassen. Mit zitternden Händen streichelte er über die filigranen Verzierungen und fand keine Worte, um sein Glück zu beschreiben. Seine Augen waren feucht vor Rührung. „Wo hast du den her, mein Junge? Komm, du musst uns alles erzählen."

Es war das erste Mal in seiner langen Amtszeit, dass er die Christvesper zu spät begann. Die Gemeinde, die das Kirchenschiff bis auf den letzten Platz voll ausfüllte, war bereits unruhig geworden. Dann aber ging ein lautes Tuscheln durch die Reihen, als Michael Buchenröder durch die Eingangstür in die Kirche trat und ihren Kelch in die Höhe hielt. Jeder sollte es sehen, dass er wieder da war. Es wurde eine Christvesper, wie es sie niemals wieder in Friesau so voller Freude gegeben hatte. Mit strahlendem Gesicht nahm der Pfarrer den Kelch in die Hand und hielt ihn in die Höhe. „Dann nahm Jesus den Kelch und sprach: Dieser Kelch ist der neue Bund zwischen Gott und euch, der durch mein Blut besiegelt wird. Denkt daran, sooft ihr daraus trinkt!"
Und die Gemeinde antwortet mit einem lauten „Amen!".

***

Weitere Veröffentlichungen von Dieter Rutkowski:

Der hellste Stern
Besinnliche Advents- und Weihnachtsgeschichten
ISBN 978-3-86591-423-1, Gerth Medien Verlag, 2009

Schatten über dem Jonastal
Ein Roman
ISBN 978-3-86777-403-1, Verlag Rockstuhl, 2011

Manchmal werden Wünsche wahr
Besinnliche Advents- und Weihnachtsgeschichten
ISBN 978-3-86675-158-3, Mohland Verlag, 2011

Weihnachten - mal ganz anders
Erzählungen
ISBN 978-3-86675-193-4, Mohland Verlag, 2012

Schattenjahre
Eine Flüchtlingsgeschichte
ISBN 978-3-86675-192-7, Mohland Verlag 2012

Sebastian
Die Suche nach dem Sinn des Lebens
ISBN 978-620-2-44249-7, Fromm Verlag 2018

Inhaltsverzeichnis

Printed by Books on Demand GmbH, Norderstedt / Germany